Charlie Newsman

#DatingLine

Charlie Newsman

#DatingLine

Bibliografische Information der Deutschen Nationalbibliothek: Die Deutsche Nationalbibliothek verzeichnet diese Publikation in der Deutschen Nationalbibliografie; detaillierte bibliografische Daten sind im Internet über http://dnb.dnb.de abrufbar.

Impressum:

Auflage 1 | September 2019
© Charlie Newsman
Umschlaggestaltung: Tina Niehues
Lektorat: Laura Feckler
Korrektorat: Jasmin Rotert

ISBN: 9783749483037

Für die Zurückhaltenden

Vorwort:

Die Mehrzahl von Prostata ist Prostatae
und
die Einzahl von Zucchini ist Zucchino

#eins

In jedem Fall muss ich noch die Änderungen vornehmen.
Und ich muss mit meinen Mitarbeitern sprechen. Einiges
ist schiefgelaufen. Was vielleicht daran liegt, dass ich einige
meiner Leute aus reinem Mitleid eingestellt habe. Ich muss
investieren, sonst steht das Finanzamt vor der Tür und hält
die Hand auf. Ganz bestimmt sogar. Ich könnte mir einen
neuen Firmenwagen kaufen, aber den letzten habe ich ge-
rade mal vor 9 Monaten gekauft. Mein Baby …

»Hey! Passen Sie mal auf, wo Sie lang laufen!«

Im letzten Moment schaffte ich einen einzigen großen Sprung. Leider kam ich genau auf der Wurzel
auf, die ich umgehen wollte. Selbst wenn es im Spätsommer nicht regnet, sind sämtliche Waldböden
feucht und glitschig. Wurzeln ganz besonders. Noch
während ich rutschte und fiel, überlegte ich, was zum
Teufel ein Mann mit Riesenschlapphut auf dem Kopf
und einem Korb in der Hand, um diese Uhrzeit im
Wald wollte. Es gab einen Knall, als ich nicht gerade
galant auf die nächste Wurzel fiel und dazu einen

Schrei von mir ließ, der eher nach dem Ruf einer einsamen Eule klang.

Bilanz: Meine bordeauxrote enge Laufhose hatte den Fall nicht überlebt, meine linke Hüfte schmerzte unendlich und mein linker Arm auch. Meine Hände waren von Tannennadeln übersät und kurz glaubte ich den Duft von Exkrementen in der Nase zu haben.

Gerade als ich Luft holen wollte, um dem Mann mehr als nur eine Unfreundlichkeit an den Kopf zu werfen, hörte ich ein lautes »Psst!« Ich drehte den Kopf und starrte den Mann mit Hut an. Er zeigte nach oben. Ich schüttelte wütend den Kopf und stand vorsichtig auf. Dann klopfte ich mir die Tannennadeln von der Kleidung. Meine Hose war der Länge nach aufgerissen. »Ein Uhu. Haben Sie ihn gehört? Er hat Ihnen geantwortet.«

»Nein, das habe ich nicht gehört. Können Sie mir mal verraten, was Ihnen einfällt?«

»Da!« Verwundert folgte ich mit dem Blick seinem Finger, der auf den Waldboden zeigte. »Steinpilze.«

»Ich bin gefallen, wegen Steinpilzen? Habe ich das richtig verstanden?« Wütend schüttelte ich meine Haare, denn auch darin hatte sich eine unzählige Schar von Tannennadeln verfangen.

»Entschuldigen Sie, aber ich wollte mein Mittagessen sichern. Und ich habe leider noch nicht so viele Pilze gefunden.«

Er zeigte auf meine Hose. »Kann man vielleicht nähen, oder?« Er kam näher auf mich zu und beugte sich auch noch ein Stück nach unten. »Obwohl, ist das hier das Innenfutter?« Ich spürte seine Hand auf meiner Hüfte. Ich machte schnell einen Schritt rückwärts und wäre wieder fast gefallen. »Das ist kein Innenfutter, das ist meine Unterhose. Unerhört!« Ich versuchte, wütend die Hände in die Hüften zu stemmen, doch die linke tat so weh, dass ich unauffällig meine Hand hängen ließ.

»Was machen Sie eigentlich um diese Uhrzeit im Wald? Wir haben gerade mal 6 Uhr, wenn überhaupt.«

Er holte mit seinem Arm aus und schaute auf seine Uhr. »Um genau zu sein 5:37 Uhr. So früh morgens entdeckt man die meisten Waldbewohner. Und was machen Sie um diese Uhrzeit im Wald?«

Ich machte einige Schrittbewegungen auf der Stelle, um zu prüfen, ob mein Körper noch richtig funktionierte. »Laufen. Mich fit halten. Bevor ich zur Arbeit muss.«

Der Mann lachte. »Ach, so war ich auch mal. Ich bin übrigens Frederic.«

Ich ergriff aus Höflichkeit seine ausgestreckte Hand und schüttelte sie kurz. »Anna. Ich muss mal weiter. Also, viel Erfolg bei der Pilzsuche.«

Ich humpelte los und sah überrascht, dass Frederic mir nachkam.

»Sie nach Hause zu begleiten ist das Einzige, was ich machen kann. Letztlich sind Sie ja nur meinetwegen gefallen.«

»Sie brauchen mich nicht zu begleiten. Den Weg schaffe ich schon alleine. Sammeln Sie mal lieber weiter. Sonst ist ihr Mittagessen nicht gesichert.«

Der Mann namens Frederic schlenderte neben mir her und schwang dabei fröhlich seinen Korb. »Wenn ich Sie wenigstens als Entschädigung zum Mittagessen einladen dürfte, würde ich mich deutlich wohler fühlen.«

Ich hob kurz die Hand. »Ist wirklich nicht nötig, davon abgesehen, esse ich seit Jahren schon nicht mehr zu Mittag.«

»Um Ihre Figur zu halten?«

»Unter anderem.«

Ich spürte genau, dass ich morgen, spätestens übermorgen, einen riesigen blauen Fleck auf der Hüfte haben würde.

»Weswegen noch?«

»Es gibt nun mal Menschen, die arbeiten müssen. Arbeiten Sie etwa nicht?«

Eigentlich legte ich keinen großen Wert auf Gesellschaft. Und ein Stück weit fand ich ihn unheimlich mit dem Hut. Fast, wie ein Triebtäter. Die schwarze Hutkrempe hing ihm so weit im Gesicht, dass ich nicht seine Augen sehen konnte.

»Ich habe mal gearbeitet. Zu viel. Da konnte ich die schönen Dinge im Leben gar nicht genießen.«

»Schöne Dinge heißt, Steinpilze und Uhus?«

»Zum Beispiel.«

Fast schon erleichtert sah ich in der Ferne, durch Baumstämme, das Wohngebiet glitzern, in dem ich wohnte. »Vielen Dank, Frederic. Da vorne wohne ich.«

»Ich bringe Sie bis vor Ihre Tür. Sonst fühle ich mich wirklich schlecht.«

Ich zeigte im Gehen auf seinen Korb, der immer hin und her schwang.

»Kümmern Sie sich mal um Ihr Essen. Ich finde schon alleine nach Hause.«

Ich versuchte, etwas schneller zu gehen, was nur dazu führte, dass ich das Humpeln nicht mehr vermeiden konnte. Jeder Schritt schmerzte inzwischen.

»Na gut, ja dann, bis zum nächsten Mal im Wald um halb 6!«

Aus Höflichkeit blieb ich kurz stehen und reichte ihm die Hand. Er war ein großer Mann. Und er war gut gebaut, das konnte ich nicht abstreiten. Schade nur, dass ich kaum was von dem Gesicht erkennen konnte.

»Auf Wiedersehen, Frederic.«

Er verbeugte sich vor mir.

Ich musste schmunzeln. Was für eine alte Geste.

»Anna, es war mir ein Vergnügen.« Dann lief er in die entgegengesetzte Richtung davon.

Eine eigenartige Begegnung.

Wenn ich Männer treffe, stelle ich mir vor, wie sie sich im Bett verhalten würden. Eine Angewohnheit, die mich irgendwann in der Studentenzeit ereilt hatte. Es ist furchtbar. Ich werde jedes Mal rot im Gesicht und habe das Gefühl, mein Gegenüber weiß genau, woran ich denke. Dieses Mal wurde ich nicht rot. Aber ich musste ein Kichern wirklich unterdrücken:

- Möchten Sie mein Pilz sein? Ich mache Ihnen jetzt den Uhu. -

Als ich in meiner Wohnung ankam, fasste ich vorsichtig unter den Bund meiner geliebten bordeauxroten Leggins, zog ihn weg und versuchte, das Gummi ohne Berührung der Haut, über meine Hüfte zu ziehen. Schon jetzt erkannte ich, dass sich die Haut blau verfärbte. Wohlgemerkt wegen einiger Steinpilze. Komischer Typ.

Ich duschte ausgiebig, verzichtete aber darauf, mit dem Cellulitis-Schwamm über die linke Hüfte zu reiben und konzentrierte mich voll und ganz auf meine rechte Körperhälfte.

An diesem Tag musste ich pünktlich im Büro erscheinen. Es galt, eine Mitarbeiterversammlung einzuberufen. Es waren in letzter Zeit vermehrt Dinge schiefgelaufen. Die Aufträge liefen gut. Wir hatten viele Aufträge. Was aber weitaus wichtiger war: die

Zufriedenheit der Kunden, nach Abschluss des Kaufes. Es musste optimiert werden … und ganz besonders musste Heinz optimiert werden!

Ich verzichtete auf einen Rock und entschied mich stattdessen für eine beige Stoffhose, die die hervorragende Eigenschaft hatte, nicht auf der Haut zu reiben. Obwohl ich gut in der Zeit lag, band ich meine Haare zu einem einfachen Zopf zusammen, fummelte Perlenstecker in meine Ohren und marschierte in die Küche, um mir mit meinem modernen Vollautomat einen Latte macchiato zu zaubern.

Während die Maschine das Arbeiten begann, machte ich mich, wie jeden Morgen, auf die Suche nach meiner Katze. Wobei ›meine‹ die falsche Bezeichnung war. Mein Ex-Freund hatte das Vieh mit in die Beziehung gebracht. Aus Antipathie vermied ich es tunlichst, selbst in Gedanken, den Namen meines Ex-Freundes auszusprechen. Und was ich ebenfalls versuchte zu vermeiden, war, den Namen der Katze auszusprechen, was leider keinen einzigen Morgen funktionierte, weil dieses Vieh hervorragend auf seinen Namen hörte. Ich hatte es auch mal mit anderen Namen, die ähnlich klangen, versucht, aber die Katze zeigte mir dann, bildlich gesprochen, nur den Mittelfinger und kam einfach nicht. Einen Namen gab es aber, der zumindest das Tier etwas hören ließ. Wenn man den denn oft genug rief …

Ich öffnete die Terrassentür.

»Uschi, Uschi, Uschi …« Ich wagte zu bezweifeln, dass sie mich hörte. Aber, da ich sah, dass noch einige Rollläden unten waren und dies signalisierte, dass meine Nachbarn vermutlich noch schliefen, traute ich mich nicht, lauter zu rufen. »Uschi, Uschi, Uschi!« Ich sah mich um, aber ich entdeckte sie nicht. »Uschi!«

»Wir wissen doch alle, wie Ihre Katze eigentlich heißt, Frau Regens!«

Ich zuckte zusammen.

»Guten Morgen Frau Müller-Steinfurth.«

Meine Nachbarin, achtundsechzig Jahre alt, seit dreizehn Jahren und zweieinhalb Monaten Witwe, verschrien als Feldwebel dieser Wohn-Siedlung, stand an meinem Zaun und schaute mich finster an.

»Und wir wissen auch alle, was Sie, Frau Regens, beruflich machen!« Mit diesen Worten ging sie kopfschüttelnd weiter.

Zugegeben, ich war in dieser Siedlung die Aussätzige. Nicht nur mein Alter war ausschlaggebend dafür, 34 Jahre jung, sondern ebenfalls mein Aussehen, meine Art zu grüßen, der Name der Katze, die mein Ex-Freund hier vergessen hatte, mein Beruf, mein Auto, meine Frisur und meine Klamotten. In diesem Wohnblock, der aus drei zweistöckigen Häusern mit je zwei Wohnungen bestand, war ich mit Abstand die Jüngste. Mein Ex-Freund hatte uns damals diese Wohnung besorgt, weil sie Vorzüge hatte, wie zum Beispiel, nahe der Natur zu sein, gleichzeitig aber nicht weit entfernt von der Stadt, in der sich die Agentur befand. Meine Agentur. Inzwischen. Dating-Line hatte ich mit meiner damaligen besten Freundin gegründet. Zugegeben, sie war die treibende Kraft. Sie war attraktiv, sie hatte Ahnung, sie war stark und selbstbewusst. Ich war die, die lieber im Schatten arbeitete. Die, die sich gut mit Computern auskannte. Die, die Computer programmieren konnte. Mehr nicht. Sabine war das Aushängeschild unserer Agentur Dating-Line gewesen. Meinen Ex-Freund hatte ich ebenfalls über die Agentur kennengelernt. Er war derjenige gewesen, der uns die Computer geliefert und angeschlossen hatte. Na ja, lange Rede kurzer Sinn, Sabine und mein Ex sind durchgebrannt. Zusammen. Weg. Vor knapp einem Jahr. Und damit war der Plan, den offensichtlich nur ich alleine hegte, zu einem anderen geworden.

Ursprünglicher Plan: Eine große Wohnung, unmittelbar am Wald und an einem Spielplatz gelegen, damit wir bald schwanger werden und die Vorzüge des Elterndaseins genießen könnten. Jetziger Plan: Alleine leben.

Ich hatte oft überlegt, auszuziehen und irgendwo anders neu zu starten, aber ein Auszug war Arbeit und Zeit. Vom Ersten hatte ich genug, vom Zweiten hatte ich zu wenig.

Ich schaute auf meine Armbanduhr, dann durch das Fenster in die Küche. Mein Kaffee war längst fertig und vermutlich schon dabei, abzukühlen. Zudem wurde es jetzt langsam Zeit. Ich wollte pünktlich um acht Uhr in meiner Agentur sein. ... und mit Heinz sprechen.

Erneut sah ich mich um. Keiner war zu sehen. Ich beugte mich etwas vor, um auch in der Hecke Gehör zu finden. »Muschi, Muschi, Muschi.«

Die Katze ließ sich nicht blicken, wobei ich kurz glaubte, ein leises Maunzen gehört zu haben.

»Muschi! Kommst du hier hin!«

»Guten Morgen Frau Regens!« Herr Schumacher hob kurz seinen Hut mit einer Hand hoch, ehe er ihn wieder richtig auf seinen Kopf rückte und im typischen Dreiertakt davon ging (Menschen, die eine Gehhilfe besitzen, hören sich alle nach Dreiertakt an).

»Guten Morgen Herr Schumacher.« Ich schob den Busch mit den Händen auseinander. »Muschi, Muschi, Muschi!« Und endlich sah ich sie und aus den Augenwinkeln Herrn Schumacher, der ebenso, wie Frau Müller-Steinfurth mit dem Kopf schüttelte und sich langsam entfernte. Blitzschnell griff ich in den Busch und zog die Katze heraus, die sich laut fauchend beschwerte.

»Hab ich dich endlich!« Ich trug sie hinein und ließ sie erst wieder zu Boden, als ich die Terrassentür sicher verschlossen und die Katzenklappe in der Haustüre auf *Safe* gestellt hatte.

Meinen Latte macchiato konnte ich jetzt locker hinunterstürzen, weil er mittlerweile kalt geworden war.

Um Viertel vor acht saß ich endlich in meinem Fiat, ein Auto, das mir dazu verhalf, zumindest für das letzte Jahr, dem Finanzamt nicht ganz so viel zahlen zu müssen.

Das letzte Jahr hatte mir unglaublich viele Aufträge eingebracht und alleine innerhalb der letzten 12 Monate, hatte ich 8 neue Mitarbeiter eingestellt, wobei ich sagen muss, viele nur aus Mitleid. Und ganz besonders Heinz. Zweiundsiebzig Jahre alt. Er wollte sich noch mal gebraucht fühlen. Ich hatte es einfach nicht übers Herz gebracht, den alten Mann abzulehnen, obwohl er in meiner Agentur völlig fehl am Platz war.

Von Weitem sah ich schon, dass keiner meiner Mitarbeiter da war, denn mein pinkes Leuchtschild, unmittelbar über der Fensterfront im ersten Stock des Hochhauses, in der sich meine Büroräume befanden, leuchtete noch nicht. Auch das Leuchtschild würde heute bei der Besprechung zum Thema werden. Mich hatten vermehrt Leute kontaktiert, die glaubten, ich hätte ein Freudenhaus. Und als dann auch noch ein leicht bekleideter Herr kam, der fragwürdige Hosen

trug und sich bereits an der Information zu entkleiden begann, war mir klar, dass es die falsche Art von
Schild war. Meine Agentur trug den Namen ›Dating-
Line‹. Vielleicht sollte ich statt Pink lieber grün nehmen. Grün, die Farbe der Hoffnung. Ein guter Einfall.

#zwei

»So, wenn bitte Ruhe herrschen könnte, dann würde ich zunächst die Themen nennen, die wir heute besprechen sollten.«

Dreizehn Augenpaare sahen mich an, wobei zwei davon den Reinigungskräften gehörten.

»Als Erstes: Wir müssen über die Farbe des Leuchtschildes oberhalb der Fensterfront sprechen. Ich denke, Pink verleitete den einen oder anderen zu denken, wir gehören zum Horizontal-Gewerbe. Weiter, wir brauchen einen neuen Logo-Spruch für unsere Agentur. Dann, was mir noch sehr am Herzen liegt, müssten wir dringend über die Beschwerden sprechen, die sich in letzter Zeit häufen. Kunden sind unzufrieden und ich hätte gerne dieses Jahr mindestens drei Hochzeiten dabei.« Alle trommelten auf den Tischen. Ich hob die Hand.

»Unsere Kunden sollen das Gefühl haben, dass wir uns um alles kümmern, was zu einem guten Date dazugehört. Und da wir gerade beim Thema sind,

Heinz, ich müsste mal mit dir über die Sache sprechen, die letzte Woche passiert ist.«

Heinz lächelte und nickte. »Heinz, hast du gehört, was ich gesagt habe?«

»Was?«

»Wir müssen über die füllige Dame sprechen. Von letzter Woche!«, schrie ich.

»Ja. Die war füllig.«

»Heinz! Es ist nicht von Vorteil, eine Kundin, die hundertsiebenundvierzig Kilo bei einer Größe von einem Meter dreiundsechzig wiegt, in ein rosafarbenes Schlauchkleid zu stecken. Nicht gut. Der Mann hat sich beschwert!«

»Ja. Hat sich bewährt!«

»Beschwert! Heinz! Hat sich beschwert!«

»Aber der Computer hat gesagt, sie passen gut zusammen. Der Mann hat angegeben, dass ihm die Figur egal sei und dass es mehr auf die inneren Werte ankäme«, warf Isabelle ein.

»Trotzdem ist es unsere Pflicht, den passenden Partner, den das Computer-Programm ausspuckt, entsprechend zu kleiden. Die Frau sah aus, als trüge sie eine Pelle. Natürlich ist es dann schwer für einen Mann, die inneren Werte zu sehen. Die Frau sah aus wie ein Unfall.« Ich sah alle Mitarbeiter an und versuchte dem Drang, mit den Augen zu rollen, zu widerstehen, als ein Arm nach oben schnellte. »Bitte, Marvin, einfach sprechen.«

»Muss ich Angst um meinen Job haben?«

Die Frage, die nahezu von Marvin bei jeder Besprechung kam, beantwortete ich mit einem genervten Kopfschütteln. Das einzig Positive war, die Frage wurde jetzt gestellt und danach nicht mehr auf den Tisch gebracht. Bis zur nächsten Vollversammlung.

»Ich würde mich gerne mal zu dem Thema Logo äußern«, sagte Angelika streng. Sie klang immer streng.

»Bitte.« Ich rieb mir unauffällig über die linke Hüfte und verzog kurz schmerzverzerrt das Gesicht.

»›Rein und wieder raus‹.« Angelika verschränkte die Arme vor der Brust und nickte zufrieden.

»Wie bitte?«

Alle Augenpaare waren auf Angelika gerichtet.

»Das Logo: ›Dating-Line – rein und wieder raus‹.« Sie nickte wieder zufrieden. Ein Raunen ging durch die Menge.

»Das hört sich so sexuell an«, sagte Brigitte und rückte ihren BH zurecht.

»›Dating-Line – rein und wieder raus‹«, wiederholte Angelika und hob beide Hände, um zu signalisieren, wie es auf einem Schild stünde.

»Nun, wir können ja mal Vorschläge sammeln, deiner, Angelika, ist also ›Rein und wieder raus‹.«

»›Dick im Geschäft‹. Auch ein guter Spruch.« Rüdiger zog die Augenbrauen hoch, schaute jeden an und erhoffte sich wohl einen Applaus.

»Wir haben doch nicht nur Dicke im Programm«, sagte ich erstaunt. Heinz stand auf.

»Seit wann haben wir Ficken im Programm?« Er schüttelte den Kopf und setzte sich wieder. »Mit mir redet ja keiner.«

»Dicke, Heinz, Dicke im Programm.« Ich schnipste mit den Fingern um Brigittes Aufmerksamkeit zu bekommen, die aber wurde hochrot im Gesicht und schaute Rüdiger an. »Hast du was gegen Dicke?«

»Nein. Wie kommst du darauf?«

Ich klatschte in die Hände. »Brigitte, sag Heinz, er möge bitte seine Hörgeräte kontrollieren. Du sitzt neben ihm.«

»Ich möchte erst mit Rüdiger klären, ob er was gegen Dicke hat.«

Rüdiger sah mich verzweifelt an. »Ich habe mir nur einen Logo-Spruch ausgedacht und werde gleich wieder an den Pranger gestellt.«

Ich vergrub mein Gesicht kurz hinter meinen Händen, ehe ich alle ansah. »Ich würde sagen, jeder geht an seinen Computer und arbeitet. Und die Sprüche, die euch einfallen, bringt ihr mir dann ins Büro.«

»›Rein und wieder raus‹.«

»Danke, Angelika, wir haben es jetzt alle gehört. Mehrfach.«

Ich stand auf, klopfte den Stapel, auf denen Notizen zu unserer Besprechung standen, auf den Tisch gerade und nickte allen zu. »Gut, das wäre es fürs Erste. Dann mal an die Arbeit.«

Alle standen auf und verteilten sich im Großraumbüro, während ich mich nur noch darauf freute, alleine in meinem Büro zu sitzen und vielleicht sogar einen warmen Kaffee zu genießen.

Über eine Stunde saß ich nun schon im Büro und grübelte über die Optimierungen nach. Es klopfte zaghaft und ich wusste gleich, wer es war. Ich hatte tatsächlich mal in Erwägung gezogen, mich bei ›Wetten, dass ...?‹ anzumelden. Wetten, dass ich meine Mitarbeiter am Klopfen erkenne? Bei elf Leuten jedoch vermutlich nicht spektakulär genug.

»Ja.«

Marie kam in mein Büro, wie stets mit hängendem Kopf und nach vorn gezogenen Schultern, um möglichst unauffällig zu wirken. »Marie, was kann ich für dich tun? Bitte, nimm doch Platz.«

Sie setzte sich. »Ich möchte bitte auch einen Logo-Spruch vorschlagen.«

»Sehr gerne.« Ich nickte ihr aufmunternd zu.

»›Bei uns lieben Sie richtig‹.«

Ich war nicht nur erstaunt, dass etwas so Sinnvolles aus Maries Mund kam, sondern dazu auch noch äußerst begeistert. Ich nickte anerkennend. »Gefällt mir sehr, Marie! Richtig toll. ›Bei uns lieben Sie richtig‹. Ganz hervorragend.«

Ich schrieb den Satz auf ein Papier.

Marie stand wieder auf. »Marie, schick mir bitte Brigitte ins Büro.«

»Das mache ich, Frau Regens.«

»Anna. Marie, wir Duzen uns hier alle.«

Sie nickte und huschte aus meinem Büro.

Kurz darauf klopfte es genau einmal.

»Komm rein, Brigitte.«

Brigitte war einer der ersten Mitarbeiter, die wir eingestellt hatten. Sie war eigentlich die typische Hausfrau. Sie hatte einen Mann und zwei Kinder, wog schätzungsweise hundert Kilogramm und war recht klein. Von den hundert Kilo gehörten sicherlich zwanzig ihrem rechten und linken Busen und selbst als Frau kam man nicht drum herum, ihr auf die Oberweite zu starren.

Brigitte setzte sich.

»Wir haben einen neuen Spruch für unsere Agentur.«

»Aber nicht ›Dick im Geschäft‹. Ich finde auch, du solltest Rüdiger noch mal sagen, dass dies absolut diskriminierend ist!«

Ich schnaufte kurz und nickte müde. »Möchtest du den Spruch jetzt hören?«

»Bitte«, sagte sie und presste kurz die Lippen zusammen.

Ich machte nahezu die gleiche Handbewegung wie eben noch Angelika und sah vor meinem inneren Auge das Leuchtschild über der Fensterfront in Grün glitzern. »Dating-Line: Bei uns lieben Sie richtig.«

Brigitte nickte sofort. »Gut. Gefällt mir. Dicke können nämlich auch lieben!«

Darauf ging ich gar nicht ein. »Okay. Pass auf, ich möchte, dass Heinz das Layout entwirft. Ich möchte erst mal nicht, dass er sich um Kunden kümmert. Der Fauxpas von letzter Woche darf uns nicht noch mal passieren.«

»Es ist noch mal passiert. Rüdiger spricht gerade mit einer aufgeregten Frau, die ihr Geld zurückhaben will.«

»Rüdiger soll die Dame durchstellen. Ich versuche, das zu klären. Und ich möchte, dass ihr alle in zwanzig Minuten in mein Büro kommt. Wir müssen etwas ändern.«

Brigitte stand auf und verließ mein Büro. Ich wartete darauf, dass mein Telefon auf einer Leitung zu blinken begann. Kurze Zeit später geschah es. Ich nahm den Hörer ab und drückte auf Leitung drei.

»Agentur Dating-Line, Anna Regens am Telefon, was kann ich für Sie …«

»Sie können nichts mehr tun! Ich will mein Geld zurück!«

Instinktiv hielt ich den Hörer ein gutes Stück von meinem Ohr weg.

»Was ist genau geschehen?«, fragte ich freundlich.

»Was geschehen ist? Ich hatte ein Date mit einem Perversen!«

»Ich schau mal gerade. Der Name?«

»Joachim. Joachim Schulze.«

»Nein. Ihr Name.«

»Brunhilde.«

»Und der Nachname?« Ich trommelte genervt mit den Fingern auf den Tisch.

»Kirchner. Brunhilde Kirchner.«

»Einen Moment bitte.«

Ich gab den Namen in unser Computerprogramm ein. Brunhilde Kirchner und Joachim Schulze. Passte zu einundneunzig Prozent. »Also, Frau Kirchner, ich kann jetzt nicht erkennen, wo der Fehler lag. Sie passten laut Programm zu einundneunzig Prozent zusammen. Vielleicht könnten Sie ganz kurz schildern, was Ihnen nicht behagte?«

Ich hörte, wie Frau Kirchner Luft holte. »Herr Schulze wollte, dass ich meine neuen Pumps ausziehe und dann wollte er daraus Sekt trinken. Und anschließend wollte er meine Zehen in den Mund nehmen. Das geht doch nun wirklich zu weit!«

»Und Sie wollten das nicht?«

»Natürlich wollte ich das nicht!«

Ich suchte in den ganzen Informationen den Fehler und fand ihn schließlich. »Ah, unsere Schuld, Frau Kirchner. Entschuldigen Sie bitte. Ich sehe schon. Da haben wir versehentlich Herrn Schulzes sexuelle Neigung mit der Spalte Hobby vertauscht. Dann erklärt sich das auch mit den Schuhen.«

Unter der Rubrik Hobby stand Schuhe und Füße, unter der Rubrik sexuelle Vorlieben stand nageln. Konnte man tatsächlich falsch verstehen.

»Könnten wir Ihnen vielleicht kostenlos ein neues Date zur Verfügung stellen?«

»Nein! Ich habe die Schnauze voll von Männern! Ich möchte mein Geld zurück!«

Ich nickte stöhnend. »Gut. Ich werde veranlassen, dass Ihnen die Kosten erstattet werden. Es tut mir sehr leid, dass Sie unzufrieden waren.«

Es machte Klick in der Leitung.

Ich legte den Hörer zurück auf das Telefon und versuchte, eine Position in meinem Schreibtischsessel zu finden, die meiner linken Hüfte zuträglicher war. Es schmerzte immer mehr und kurz bekam ich Angst, dass ich mir etwas gebrochen hatte. Es klopfte laut an die Tür, drei Mal, sodass man das Gefühl hatte, die Wände würden wackeln. Rüdiger.

»Herein!«

Alle meine Mitarbeiter kamen, allen voran Rüdiger.

»Du wolltest uns sprechen?«

Ich stand auf und ging um meinen Schreibtisch herum. Dann lehnte ich mich mit verschränkten Armen vor der Brust dagegen und sah kurz zu Boden.

»Wir haben ein Problem. Die Beschwerden häufen sich. Frau Kirchner möchte ihr Geld zurückhaben. Hat jemand von euch einen Vorschlag zur Verbesserung?« Ich sah auf. Einige wichen meinem Blick aus, andere schauten mich mit hochgezogenen Augenbrauen an. Heinz stand da, fummelte an seinen Ohren rum und zog gleichzeitig die Schultern hoch, was so viel heißen sollte, wie: ›Ich habe kein Wort verstanden‹.

»Also, die Sache mit Frau Kirchner war wirklich nicht unsere Schuld. Es passte zu einundneunzig Prozent. Mindestens gefordert: fünfundachtzig Prozent. Die lagen sogar noch sechs Prozent drüber.«

»Nicht aber, wenn man Hobby und sexuelle Vorlieben vertauscht. Dann wandert die Prozentzahl ganz schnell nach unten. Wenn man Glück hat, nicht in den Minus-Bereich. Ihr müsst die Eingabefelder besser im Auge behalten. Einen Fußfetischisten könnt ihr nicht mit einer Frau zusammenbringen, dessen Hobby es ist, Schuhe zu kaufen. Was könnten wir machen, um diesen Punkt zu optimieren? Was wäre, wenn wir unser eigenes Programm testen?«

»Finde ich gut. Und wer macht es?«, fragte Brigitte.

Alle sahen mich an. Ich schüttelte den Kopf. »Lasst uns überlegen. Wer von euch ist denn solo?«

»Das habe ich jetzt nicht verstanden.«

»Wer keinen Partner hat!«, schrie Rüdiger in Heinz Ohr.

Heinz meldete sich sofort. »Ich! Meine Frau ist tot. Seit sechs Jahren schon.«

Alle starrten Heinz an und in jedem Gesicht konnte man lesen, dass sich keiner so recht vorstellen konnte, Heinz zu einem Date zu schicken.

»Ich bin raus. Gerade meine Traumfrau gefunden.« Angelika hob beide Hände und schüttelte gleichzeitig den Kopf.

»Ach, bist du eine Lesbe?«, fragte Rüdiger, Heinz wedelte wild mit den Armen.

»Lesbe, Heinz, nicht Wespe. Lesbe!«, schrie Brigitte.

»Könnten wir bitte beim Thema bleiben?« Ich versuchte, jeden Einzelnen streng anzusehen. »Also noch mal. Wer käme denn infrage?«

Rüdiger trat vor. »Also, Anna, du wärst im Grunde die Einzige, die infrage käme. Jeder von uns ist liiert. Also alle, außer Heinz.«

»Oder du, Rüdiger!«, sagte Isabelle.

»Ich ... ich bin verheiratet!«

»Aber du hast Eheprobleme!«

»Ja und? Deswegen lasse ich mich doch nicht gleich auf ein Date ein.«

»Du könntest ruhig auch mal was für das Unternehmen tun.«

Ich nickte. Bevor nun weiter darüber diskutiert würde, wer überhaupt infrage käme, hob ich schnell die Hand. »Okay, ich tue es. Dann kann ich mir auch am besten selber ein Bild machen, was hier momentan schiefläuft.«

»Ich würde mich zur Verfügung stellen, alle wichtigen Informationen über dich in das Programm einzugeben«, sagte Rüdiger und rieb sich dabei die Hände.

»Danke, Rüdiger, das kann ich selbst. Und ich möchte euch bitten, damit meine Privatsphäre gesichert ist und bleibt, nicht mein Profil anzuschauen! Kann ich mich da auf euch verlassen? Um ein Outfit und einen Friseurtermin kümmere ich mich selber.«

Alle nickten, wobei mir das Grinsen bei einigen natürlich ins Auge stach.

»Dann alle wieder an die Arbeit und kontrolliert bitte bei allen Neuzugängen die Rubriken. Nicht, dass noch etwas vertauscht wurde.«

Tuschelnd verließen meine Mitarbeiter das Büro.

Kurz war ich über mich selbst erschrocken, dieser Idee zugestimmt zu haben. Ich setzte mich an den Schreibtisch und rieb meine Hände aneinander. Ich kam mir vor, als würde ich zum ersten Mal einen Computer benutzen. Zuerst loggte ich mich aus, um wirklich als Kunde unser Computerprogramm zu nutzen. Dann gab ich ein. Dating-Line.

#drei

Auch die Internetseite sollte als Grundfarbe nicht mehr Pink erscheinen. Ich machte schnell eine Notiz.
Dann machte ich mich ans Eingeben der Informationen.

Name:	Anna Regens
Alter:	34 Jahre
Haarfarbe:	blond
Länge:	schulterlang
Augenfarbe:	blau
Körpergröße:	1,71 m
Gewicht:	66 kg

Die drei Kilogramm, die ich inzwischen mehr hatte, verheimlichte ich. Ich glaubte nicht, dass alle Kunden immer die Wahrheit in ihr Profil schrieben. Es würde wohl kaum einer auf die Idee kommen, mich wiegen zu wollen.

Konfektion:	36 / 38

Hört sich besser an als 38 / 40

Religion:	keine

Schuhgr.:	40 *Stimmt!*
Besondere	
Merkmale:	Sommersprossen
Hobby:	Sport (Jogging, Yoga, Pilates)

Vor allem Yoga und Pilates hörten sich toll an. Hatte ich ja auch mal gemacht ... vor 5 Jahren ...

Sexuelle	
Vorlieben:	???

Ich fuhr mir gleich mit beiden Händen durch die Haare und stöhnte leise vor mich hin. Dann sah ich aus dem Fenster und überlegte fieberhaft, was ich in dieses Feld schreiben sollte. Welche Vorlieben hatte ich im Bett? Hatte ich überhaupt Vorlieben? War ich nicht, wie jeder andere auch? Sexuelle Vorlieben ... Ich stand langsam auf, reckte mich einmal, krümmte mich kurz, weil meine linke Hüfte aufschrie und schlenderte zur Tür. Ich öffnete. Dann lief ich mit auf dem Rücken verschränkten Händen durch das Großraumbüro. Sexuelle Vorlieben ...

Von meinen Mitarbeitern wurde ich beäugt. Rüdiger grinste. Natürlich wusste er, an welcher Frage ich gerade scheiterte. Ich blieb vor dem Fenster stehen und wippte auf den Fußballen. Ich könnte auch einfach schreiben, dass ich dazu keine Äußerungen machen wollte. Allerdings bestünde dann die Gefahr, dass der Computer irgendeinen Mann für mich ausspuckte. Irgendeinen Schuhfetischisten. Ich schüttelte den Kopf. Energisch ging ich wieder in mein Büro, schloss die Türe, holte tief Luft und setzte mich an meinen Schreibtisch.

**Sexuelle
Vorlieben:**   k e i n e

Ich scrollte weiter runter. Jetzt kam der Mann dran. Man musste nun Fragen über Aussehen, Hobbys und Vorlieben beantworten. Ich rieb mir die Finger und lächelte. Es ist doch ein schönes Gefühl, sich seinen Traummann, zumindest äußerlich, zu kreieren.

<u>Gewünscht:</u>

- **Alter:**   36 J. – 45 J.
- **Größe:**   1,85 m – 1,95 m
- **Figur:**   sportlich
- **Haarfarbe:**   blond
- **Augenfarbe:**   blau
- **Bevorzugtes**
  Outfit: sportlich
- **Hobby:**   Sport (egal welcher Art)
- **Sexuelle**
  Vorliebe: ???

Schon wieder hing ich fest. Die Frage war schwierig. Was sollte man schreiben? Was mochte ich an einem Mann? Mein letzter Sex war gefühlt vor Jahren. In

Wirklichkeit vor sechszehn Monaten. Mit meinem Ex-Freund. Habe ich ihn im Bett gemocht? Diese Lutscherei an meinem Ohrläppchen ging mir ziemlich auf den Wecker. Überhaupt mochte ich es nicht, wenn ein Mann über meine Haut leckte. War jetzt nur die Frage, wie ich das formulieren konnte. *Kein Lutschen. Oder keine Speichelabgabe auf meiner Haut. Ohne Lecken. Ne.* Ich überlegte weiter. Dominante Männer lutschten nicht. Sie … nur.

- **Sexuelle**
  Vorliebe: Dominanz
- **Ihr Foto:**   …

Ich durchsuchte die Galerie meines Handys und entschied mich für ein Foto, was mich nur halb zeigte. Ich saß auf einem Baumstumpf und schaute nach links. Ein Hauch Romantik lag in meinem Blick. Ich hing das Bild an. Dann war nahezu alles ausgefüllt. Die Rubrik ›Über mich: Sexuelle Vorlieben‹, ignorierte ich. Da ich ja als Kundin in meinem Programm unterwegs war, kam ich natürlich nicht drum herum, auch den zugegebenermaßen stolzen Preis zu zahlen. Aber was tut man nicht alles für sein Unternehmen.

Jetzt war ich nur noch einen Mausklick vom Feld, ›Senden‹ entfernt. Ich verharrte. Wenn ich es abschicken würde, so würde das Programm binnen weniger Minuten geeignete Männer ausspucken und dann galt es nur noch, einen Termin für ein Date auszumachen.

Done.

Ich trommelte mit den Fingern auf der Schreibtischunterlage. Das Programm arbeitete. Einige Sekunden beobachtete ich den Kreis, der signalisierte: Ich suche.

Ich stand auf, verließ mein Büro und steuerte unsere kleine Küche an. Meine Mitarbeiter schauten mir nach. Nachdenklich machte ich mir einen Kaffee. Brigitte kam in die Küche.

»Hast du es getan?«

»Ja.« Ich nahm meine Tasse unter dem Automaten weg, pustete und trank.

»Und?« Brigitte brühte sich ebenfalls einen Kaffee.

»Ich warte.«

»Was hast du bei den sexuellen Vorlieben hingeschrieben?« Brigitte rückte mal wieder ihren Busen zurecht.

»Privatsphäre, Brigitte. Privatsphäre.«

Ich nahm meinen Kaffee mit in mein Büro, schloss die Tür, stellte mich ans Fenster und schaute auf die Straße. Bestimmt wäre das Programm jetzt fertig. Bestimmt gab es auch für mich einige Männer. Was würde ich machen, wenn der Computer keinen Einzigen ausspucken würde? Wenn für Frau Kirchner schon ein Mann ausgespuckt wurde, dann sicherlich auch für mich.

Ich drehte mich wie in Zeitlupe um. Dann blickte ich auf den Bildschirm. Erleichterung machte sich in mir breit.

Wir haben für Sie 3
potenzielle Bewerber gefunden.
Herzlichen Glückwunsch!

Warum ich glaubte, dass es keinen Mann für mich gab, wusste ich nicht. Mein Ex-Freund meinte, dass ich langweilig sei, dass mein Leben nur aus Arbeit bestünde.

Ich klickte auf den ersten Mann.

Andreas, einundvierzig Jahre alt, ein Meter zweiundneunzig groß, gut aussehend, sportlich. Kurz um, perfekt. Er gefiel mir auf Anhieb. Blonde etwas längere Haare, ein wirklich unwiderstehliches Lächeln, gut gebaut, sympathisch. Das Hobby fand ich etwas ungewöhnlich. Angeln. Galt Angeln als Sport? Sexuelle Vorlieben: Massieren. Damit konnte ich leben. Übereinstimmung siebenundneunzig Prozent. Beinahe perfekt. Um möglichst genau, wie unsere Kunden auch, die Vorbereitungen für das Date zu organisieren, müsste ich zunächst einen Friseurtermin vereinbaren. Meine Agentur arbeitete eng mit dem Friseurladen ›Schnipp - Schnapp, Haare ab‹ zusammen. Wir bekamen dort für unsere Kunden Frisuren zu besonders guten Konditionen. Der Laden war eher klein, aber nicht schlecht. Zumindest hatten sich Kunden noch nie über die Frisur beschwert. Das Programm zeigte Termine des Ladens, die noch nicht besetzt waren. Ich entschied mich für einen Termin am nächsten Mittag um 12 Uhr. Das würde ich dann mit meiner Pause verbinden. Weil ich ein schlechtes Gewissen haben würde – ich bin ein absoluter Workaholic – sagte ich mir immer wieder, dass dies ein Arbeitsauftrag war. Es diente nicht dem Vergnügen, sondern rein der Optimierung. Im Grunde hatte ich kein Interesse, einen neuen Mann kennenzulernen. Ich war recht zufrieden mit meinem Leben. Langweilig und geplant. Was will Frau mehr?

Die zweite Sache, die man vor einem Date in Angriff nehmen konnte, war, dass wir uns als Agentur auch um ein Outfit kümmerten. Viele Kunden, vor allem Kundinnen, nutzten dieses Angebot. Auch in diesem Bereich arbeiteten wir mit einem Kaufhaus zusammen. Man konnte online ein Outfit zusammenstellen und dann dem Kunden zukommen lassen. Aber darauf verzichtete ich. Um ein Outfit würde ich mich selbst kümmern.

Ich schaute mir auch die anderen zwei Dates an, die mir das Programm vorschlug. Auch diese Männer gefielen mir optisch äußerst gut, wobei mir einer fast zu breit erschien. Sein Hobby erklärte das aber sofort: Bodybuilding. Wir passten zu zweiundneunzig Prozent zusammen. Der Letzte gefiel mir erst auf den zweiten Blick. Er war markanter, als die beiden davor, außerdem konnte man durchaus sagen, dass seine Haare hellbraun waren, obwohl ich ja blond bevorzugte. Aber seine Augen gefielen mir sehr, auch wenn er recht ernst auf dem Foto schaute.

Ich sah in meinen Terminkalender. In drei Tagen würde es bei mir gut passen. Den Friseurtermin hätte ich hinter mir und noch immerhin zwei Tage Zeit, mir ein schönes Outfit zu suchen. Da ich angegeben hatte, dass ich gerne sportliche Kleidung trug, würde ich mir natürlich kein Kleid kaufen und müsste zum Date auch nicht in Pumps erscheinen. Jetzt galt es nur noch, die Dates festzumachen. Auch das lief allein über unsere Agentur. Ich gab alle Termine ein, die bei mir passen würden und das Programm suchte dann nach Übereinstimmungen und schrieb auch die Herren an. Ich freute mich. Sehr sogar. Ich spürte, dass ich rot wurde. Ich hatte ein Date. Genau genommen drei Dates. Perfekt.

Die restliche Arbeitszeit verbrachte ich damit, meinen Mitarbeitern über die Schulter zu schauen, natürlich so, dass es wirklich nur nach reinem Interesse aussah. Im Stillen überlegte ich, wem ich unweigerlich kündigen müsste. Leider fiel mir spontan Heinz ein. Oder ich müsste ihn für andere Arbeiten einsetzen, denn ich glaubte nicht wirklich daran, es übers Herz zu bringen und Heinz zu kündigen. Vor vier Wochen hatte er mir lächelnd gesagt, dass es für ihn das Schönste sei, morgens aufzustehen und zur Arbeit zu kommen. Wer konnte diesem Mann kündigen? Ich entschied nach einiger Zeit der Überlegung, ihn bewusst für andere Arbeiten einzusetzen. Und mit dem Designen des neuen Schildes, was hoffentlich bald in Grün über unserer Fensterfront leuchten würde, war Heinz erst mal einige Tage beschäftigt.

Um achtzehn Uhr waren alle Mitarbeiter weg. Ich knipste überall das Licht aus, schloss ab und lief nach unten. Ich freute mich darauf, gleich die Füße hochlegen zu können und vielleicht noch einen guten Film im Fernsehen zu schauen.

Verwundert sah ich, noch bevor ich mein Auto in meiner Einfahrt parkte, dass an meiner Türklinke eine Tüte hing. Ich hoffte nicht, dass Frau Müller-Steinfurth wieder mal Kacka von Muschi aufgesammelt und mir als Präsent in einen Beutel gepackt hatte. Alles schon vorgekommen. Ich stellte den Motor ab und stieg aus. Ich sah mir die Plastiktüte aus sicherer Entfernung an. Sie war gefüllt. Deutlich gefüllt. Wäre es Kacka, hätte Frau Müller-Steinfurth mindestens ein halbes Jahr lang sammeln müssen. Je näher ich meiner Haustüre kam, desto sicherer war ich mir, dass es kein Kacka war. Etwas Braunes schaute an einer Seite heraus. Immer noch mit einer gewissen Vorstellung - Frau Müller-Steinfurth würde auch nicht davor zurückschrecken, das Kacka einzupacken - griff ich danach. Ich schaute hinein. Ein Päckchen lag darin. Erleichtert zog ich das Eingepackte heraus. Mit Geschenkband verknotet, hing eine kleine Karte daran. Ich schloss die Wohnung auf, ignorierte Muschi, die ankam und mir um die Beine schlich, und marschierte direkt in die Küche. Dann nahm ich die Karte zur Hand und las, noch bevor ich meine Jacke ausgezogen hatte.

Als Ersatz und als Entschuldigung
für die Hose, mit der Frage, ob Sie wohl
zu Abend essen, wenn Sie mittags auf
Essen verzichten. Liebe Grüße Frederic.

Ich schaute mir die Rückseite der Karte an. Eine Visitenkarte. Frederic Thomas, Bauunternehmer. Eine Handynummer zierte den unteren Rand. Ich schüttelte lächelnd den Kopf. Dann packte ich das Geschenk aus. Ein Paar bordeauxroter Leggins kam zum Vorschein. Größe 42. Sah ich etwa nach 42 aus? Die Freude, dass überhaupt jemand an mich gedacht hatte, verließ mich schnell. Größe 42. Unerhört!

#vier

Ich stopfte die Hose zurück in die Tüte und kramte mein Handy aus der Tasche. Kurz schloss ich die Augen, atmete tief ein und wieder aus, ehe ich die Nummer eingab und versuchte, das Handy ruhig an mein Ohr zu halten.

»Hallo«, kam es leicht gehetzt durchs Telefon. Im Hintergrund hörte man ein wahnsinniges Rauschen.

»Ja. Hallo. Hier ist die Leggins. In Größe 42!«

»Oh, guten Abend. So schnell hatte ich gar nicht mit Ihrem Anruf gerechnet. Ich brate im Übrigen gerade Pilze an. Es wäre genug da.«

Ich lief im Wohnzimmer auf und ab. Muschi beobachtete mich, ehe sie sich unter dem Wohnzimmertisch verkroch. Offensichtlich war ich ihr in diesem Moment unheimlich. Genau genommen war ich mir selbst ebenfalls unheimlich. Ich rief einen mir völlig fremden Mann an.

»Ich wollte mich nur bei Ihnen für die Hose bedanken, aber sie ist leider gute vier Nummern zu groß!

Bin ich Ihnen so dick in Erinnerung geblieben? Ich meine, es war ja erst heute Morgen.«

»Nein. Gar nicht. Ich dachte nur, etwas größer reißt nicht so schnell.«

Jetzt lachte der auch noch.

»Wollen Sie damit sagen, dass die Hose, die ich heute Morgen trug, zu klein für mich war?«

»Nein, nein. Das wollte ich nicht. Ich dachte nur, so eng ist doch recht unbequem. Warum nicht mal etwas weiter, Anna?«

Gut, meinen Namen hatte er sich gemerkt. Und ich hatte mir auch seinen gemerkt.

»Wissen Sie, Frederic, das ist die falsche Art, eine Frau zu überreden, mit einem zu Abend zu essen. Da wäre eine passende Hose überzeugender gewesen.«

Das laute Rauschen im Hintergrund war endlich weg und erst dann fiel mir auf, dass ich mehr ins Handy geschrien hatte, als alles andere.

»Ich wollte Ihnen, um ehrlich zu sein, ein Kompliment machen. Die Hose ist Ihnen vermutlich zu groß, also könnten Sie mit mir essen gehen. Sie verstehen, oder?«

Ich spürte deutlich, wie mein Herzschlag einem Presslufthammer glich.

»Haben Sie gerade das Wort vermutlich benutzt?«

Frederic hustete.

»Die Hose ist Ihnen zu groß. Vielleicht fand ich Sie nur zu dünn.«

»So, Frederic, jetzt hören Sie mir mal zu. Wenn Sie Damen gut finden, die die Größe 42 tragen, dann sind Sie bei mir an der falschen Adresse. Also, Sie haben zwei Möglichkeiten. Erstens: Sie holen sich Ihre 42 wieder ab. Ich wäre so freundlich und würde die Tüte an meine Haustür hängen. Zweitens: Sie holen die Hose nicht ab, dann wandert Sie in meinen Mülleimer. Ihre Entscheidung. Und jetzt entschuldigen Sie mich bitte, aber ich habe einen harten und langen Arbeitstag hinter mir und möchte jetzt meine Ruhe haben.«

»Wenn das so ist, dann entscheide ich mich für die erste Möglichkeit und würde Ihnen morgen eine neue Tüte an die Tür hängen. Dann eine Hose in ...« Er murmelte irgendwelche Zahlen. »In 34 / 36?«

»Tun Sie, was Sie nicht lassen können. Ich bin müde. Auf Wiederhören ... ich meine, Wiedersehen. Also tschüss!« *34 /36 ... da passe ich nicht rein.*

Noch ehe er etwas sagen konnte, legte ich auf.

Nachdem ich vor lauter Frust über die Größe 42, Spaghetti mit einer nicht sonderlich gut schmeckenden Tomatensoße verschlungen hatte, ging ich ins Bett und ließ den Tag Revue passieren. Muschi hatte ich nach draußen gelassen, wie jeden Abend.

Fakt war, das Programm musste optimiert werden und ich musste vor allem alle Mitarbeiter dahin gehend impfen, sämtliche Daten zu kontrollieren, dass nicht wieder so ein Fauxpas passierte und sexuelle Vorlieben mit Hobbys vertauscht wurden. Dachte ich vor ein paar Wochen noch, die Agentur Dating-Line sei eine Goldgrube, so fragte ich mich jetzt, wie viele Kunden tatsächlich zufrieden waren und ihr persönliches Happy End bei uns fanden. Rückmeldungen bekamen wir leider nur selten. Von zwei Hochzeiten letztes Jahr, hatte ich erfahren. Das Highlight einer Verkuppelungsagentur! Und wenn Kunden zufrieden waren, würde man uns weiterempfehlen. Wo genau der Fehler lag, weshalb wir gerade in letzter Zeit vermehrt Beschwerden aufgetischt bekamen, könnte ich erst mit Sicherheit nach meinen Dates herausfinden. Ich war gespannt. Wer weiß, vielleicht gab es auch für mich ein Happy End.

»Brigitte, du hältst hier die Stellung, während ich beim Friseur bin.«

»Mache ich. Wie viele Dates hast du denn nun?«

Alle Mitarbeiter hörten auf, mit dem, was sie gerade machten und schauten mich an.

Ich hob beide Hände nach oben. »Na schön. Ich habe, damit es alle wissen, drei Dates.«

Rüdiger stand auf und nahm mich in den Arm. Ich war steif wie ein Brett.

»Sei nicht traurig, Anna. Vielleicht ist da ja der Richtige für dich dabei.«

Angelika kam ebenfalls auf mich zu und boxte mir gegen die Schulter. »Wird schon alles gut. Drei ist doch toll.«

Brigitte zog mich an sich und drückte mein Gesicht zwischen ihre Brüste. »Komm her, Anna. Drei ist ganz toll. Es können nicht alle sechs oder sieben Dates haben.«

»Brigitte, lass mich bitte los«, nuschelte ich an ihrem Busen, dessen Haut bei jedem Wort zu vibrieren begann.

»Lass es ruhig raus. Lass es einfach raus.« Brigitte drückte mich noch fester an sich. Ich klopfte ihr versucht freundschaftlich auf den Rücken. Wieso taten denn alle so, als sei drei schlecht?

Endlich ließ mich Brigitte los und kniff mir in die Wangen. »Ich glaube an dich.«

»Wie viele Dates haben denn andere Frauen so im Schnitt?«, fragte ich, nachdem natürlich auch bei mir nicht unbemerkt geblieben war, dass mich nahezu jeder mitleidig ansah.

Alles schwieg und arbeitete plötzlich weiter. Kopfschüttelnd verließ ich meine Agentur und machte mich auf den Weg zum Friseur.

Grundsätzlich war ich mit dem Schnitt meiner Haare zufrieden. Sie waren schulterlang und viele Frauen beneideten mich um meine Naturlocken. Aber etwas Form konnte nicht schaden.

»Ah, die Chefin persönlich. Das ist aber schön, dass wir Sie hier mal begrüßen dürfen!« Jean-Luca, von allen nur Giggy genannt und der Chef des Friseurladens, kam auf mich zu und half mir aus meiner Jacke. »Na, haben Sie auch ein Date?«

»Nein, nein. Ich wollte nur gerne mal die Haare etwas kürzer haben. Nur so. Ich habe kein Date«, sagte ich lachend, drehte mich im Kreis, weil Giggy an meiner Jacke riss. Als er es endlich geschafft hatte, die Ärmel meiner Spätsommerjacke über meine Arme zu ziehen, hängte er sie auf und schritt mit Hüftschwung zu einem der Stühle.

»So, dann nehmen Sie mal Platz. Ich lasse mir natürlich nicht entgehen, Ihnen persönlich die Haare zu schneiden.« Er schüttelte einen schwarzen Umhang vor mir aus, der einmal quer durch mein Gesicht strich und band ihn mir um den Hals. Dann stellte er sich neben mich und begutachtete mich im Spiegel. Dabei legte er mal den Kopf nach links, dann wieder nach rechts und verschränkte die Arme vor der Brust. »Machen wir etwas kürzer, ja?«

»Ja, etwas kürzer wäre schön. Vielleicht auch mal einen anderen Schnitt? Etwas stufiger?«

Wieder legte Giggy den Kopf mal nach links, mal nach rechts und schüttelte ihn dann schließlich. Was das zu bedeuten hatte, wusste ich nicht und wollte es im Grunde auch gar nicht wissen. Er war schließlich ein ausgebildeter Friseur und wusste bestimmt, was zu tun war. Er schnippte mit dem Finger und eine Kollegin von ihm brachte den rollenden Waschtisch und schob ihn mir sofort in den Nacken. Ich schloss die Augen und überließ Giggy meine Haare voll und ganz.

Als es endlich so weit war und es ans Schneiden ging, überlegte ich, wie wohl mein erstes Date ablaufen würde. Was, wenn ich den Mann, den ich traf, tatsächlich unwiderstehlich fand? Sollte ich mich dann mit den anderen Männern nicht mehr treffen? *Arbeitsauftrag* schrie es in meinen Gedanken. Es ging nur um die Optimierung und nicht etwa darum, dass ich einen Partner finden wollte. Ernsthaft. Wollte ich nicht. Gut, war nicht schön, immer alleine zu sein. Gut, war nicht schön, keinen Sex mehr zu haben. Gut, war nicht schön, immer alleine Sport treiben zu müssen. Aber, es war gut so. Alleine. Sexlos. Sport einsam. Fertig.

»Und? Läuft Ihre Agentur denn gut? Es kommen ja wirklich viele Kunden zu uns. Die sind alle ganz begeistert. Ein tolles System. Wirklich.« Giggy schnitt und schnitt.

»Ja, es gibt viele, die bei uns nach der großen Liebe suchen und hoffentlich auch finden«, versuchte ich selbstbewusst zu sagen. Die Beschwerden behielt ich für mich.

»Also, wenn ich den Johannes nicht kennengelernt hätte, wäre ich wohl auch als Kunde zu Ihnen gekommen.«

Ich wurde nach einiger Zeit nervös. Giggy schnitt immer mehr ab. »Entschuldigen Sie bitte, Giggy, aber Sie wissen, dass ich von Natur aus relativ lockiges Haar habe. Und wenn es trocken ist, zieht es sich doch stark nach oben. Nicht, dass es zu kurz wird.«

Er kicherte und im ersten Moment erschreckte ich. Es hörte sich an wie ein Tier, das in einer wirklich misslichen Lage war. »Ach, Schätzchen, ich mache diesen Job schon so lange, Sie können mir vertrauen. Also, als ich den Johannes kennengelernt habe, das war übrigens auf dem Fest in der … ach, wie heißt die Straße denn noch gleich. Sie wissen schon, da … also, da ist ja jedes Jahr dieses Fest. Da in dieser Straße …«

Ich nickte nur unsicher, weil er, während er sprach, immer weiter schnitt.

»Ich weiß. Ich komme jetzt gerade auch nicht auf den Namen.« *Wann hörte er auf zu schneiden?*

»Also jedenfalls habe ich da ja den Johannes kennengelernt. Er hat mir versehentlich einen Prosecco über das Hemd geschüttet. Ach, wie er da geschaut hat. Und ich sah aus wie ein Schweinchen. So haben wir uns kennengelernt. Der Johannes und ich.«

Ich hatte immer wieder ›aha‹ gesagt, in der Hoffnung, er möge aufhören, von seinem Johannes zu erzählen und endlich die Schere weglegen.

Nach, wie mir schien, endloser Zeit, war es endlich so weit und er legte sein ›Instrument‹ zur Seite.

Dann kam der Föhn zum Einsatz und mir schwante Böses … und es war, wie ich vermutet hatte. Entsetzt sah ich in den Spiegel. Meine Haare reichten mir gerade mal noch bis zur Hälfte meiner Ohren. Ich sah aus, wie klein Doofchen. Furchtbar.

»Also, jetzt sagen Sie aber mal was!« Giggy puschte meine Haare mit den Händen immer weiter hoch und sah selbstverliebt diese beschissene Frisur an. Einige Male öffnete ich den Mund, schloss ihn aber wieder.

»Ich bin sprachlos«, schaffte ich nach unzähligen Versuchen zu sagen. So sehr ich mich zwang, nicht mehr in den Spiegel zu schauen, es gelang mir einfach nicht. Es glich einem Unfall. Ich konnte nicht wegsehen.

Wieder kicherte Giggy und machte dazu eine wegwerfende Handbewegung. »Ach, das ist das schönste Kompliment für mich, wenn Kunden sprachlos sind. Wunderbar. Ganz toll. Wirklich. Ganz toll!«

Er nahm ein Haarspray zur Hand und sprühte in weit ausholenden Bewegungen meinen ganzen Kopf ein. Mehrfach musste ich niesen. »Danke, Giggy, das reicht schon«, brachte ich zwischen zwei Niesern hervor. Er nahm mir den Umhang ab und reichte mir seine Hand. »Gute Frau, wenn ich Ihnen helfen dürfte?« Aus Anstand ergriff ich seine Hand. Er zog mich vom Stuhl hoch. In meinem Kopf fuhr es Achterbahn. Extension. Hüte. Mützen. Absagen.

»Ach, jetzt hat Giggy Sie aber wirklich hübsch gemacht. Ganz tolle Frisur. Steht Ihnen sehr gut. Wirklich. Sehr gut.« Das konnte die Dame an der Kasse nicht wirklich ernst gemeint haben. Ich gab meinem Gehirn den Befehl, meine Mundwinkel, auf beiden Seiten möglichst gleich nach oben zu ziehen. Aber es bewegte sich nichts in meinem Gesicht, nur die Haarspitzen in der Mitte der Ohren hüpften bei jeder noch so kleinen Bewegung, die ich tat. Verwundert sah ich eine andere Kundin, die fast die gleiche Frisur nach ihrem Termin hatte, wie ich. Die ähnlich aussah, nur in Braun. Schnipp, schnapp, Haare ab … na super.

Ich bezahlte einen, zugegebenermaßen absolut akzeptablen Preis von fünfunddreißig Euro und tröstete mich damit, dass meine Haare ungefähr in einem Jahr wieder die Länge hätten, wie vor diesem Termin.

Ich zog die Kapuze meiner Spätsommerjacke über den Kopf, wurde komisch beäugt, weil es gar nicht regnete, und verließ den Laden.

Natürlich, wie konnte es auch anders sein, sorgte ich für großes Gelächter, als ich in die Agentur kam. Nur Brigitte starrte mich mit offenem Mund an, wagte es aber nicht, auch nur einen Ton über meine Frisur zu sagen. Ich ging, ohne ein Wort zu verlieren, in mein Büro. Den Spiegel, der dekorativ an der einen Wand hing, ignorierte ich geflissentlich. Ich schaltete den Computer an und anstatt auf unserer Homepage nach weiteren Verbesserungen zu schauen, gab ich Folgendes bei Google ein: Haare glätten, Gerät.

Unzählige Seiten wurden mir vorgeschlagen. Die meisten enthielten Glätteisen, aber es gab auch Seiten, wo von Alternativen die Rede war. Glattbügeln, spezielles Spray und anschließendes Föhnen mit einer besonderen Technik, oder eine Haarmaske aus Ei, Quark und Avocado. Genervt ließ ich mich in meinem Stuhl zurückfallen, konnte nicht widerstehen, mir gleich mit beiden Händen durch die Haare zu fahren und wieder mal mit dem Kopf zu schütteln. Ein leises Geräusch drang an meine Ohren. Ich setzte mich nach vorne, denn ich hatte gleich drei Nachrichten bekommen. Alle von meinen Verabredungen. Erstes Date: morgen Abend. Zweites Date: übermorgen Abend. Drittes Date: überüberübermorgen Abend. Na wenigstens etwas. Morgen Abend war ich mit Andreas Kuhscheidt verabredet. Der Angler, der gerne massierte. Rein äußerlich gefiel mir dieser Mann am besten und ich konnte nicht leugnen, dass ich ein leichtes Kribbeln in meiner Magengegend bemerkte. Nur ein Test, Anna. Nur ein Test, rief ich mir in Gedanken. Es klopfte genau zweimal, laut.

»Komm rein, Angelika.«

Angelika kam, wie immer im Bundeswehrschritt, knallte die Tür hinter sich zu und stellte mir einen Kaffee auf den Schreibtisch. »Ich dachte, ein Kaffee würde dir guttun. Sieht … guuuut aus mit deinen Haaren. Mal … also, es ist mal was anderes.«

Ich winkte genervt ab. »Was gibt es Neues?«

»Ich wollte fragen, wann du denn jetzt verabredet bist. Und vor allem, mit wem?«

Ich versuchte, wie eine Chefin zu wirken. Vollkommen ernst, mit einem strengen Unterton in der Stimme und ich wusste, dass selbst das nichts brachte, weil meine Frisur mehr als bescheuert aussah. Zudem waren Mitarbeitergespräche eigentlich Sabines Aufgabe gewesen. Sie war auch diejenige gewesen, die Rüdiger, Brigitte und Angelika eingestellt hatte. Die drei waren diejenigen, die von Anfang an dabei waren.

»Angelika, die Treffen, die ich habe, dienen alleine der Optimierung. Mehr nicht. Nach den Treffen werde ich den Männern leider mitteilen, dass sie für mich nicht die passenden Partner sind. Fertig. Sie werden wohl andere Damen aus unserem System treffen, sodass sie auch eine geeignete finden.«

»Ach so, dann hat sich mein Anliegen schon erledigt.« Angelika wandte sich zur Tür und wollte wieder gehen.

»Was für ein Anliegen hattest du?«, fragte ich genervt und wollte instinktiv die Haare zurückschütteln, was rein gar nichts mehr brachte.

Angelika kam zurück zum Schreibtisch und setzte sich auch noch. Ich trank den Kaffee.

»Ich dachte, du könntest ein paar Tipps gebrauchen. Ich meine, wir wissen ja alle, dass es schon wahnsinnig lange her ist, als du das letzte Mal mit einem Mann … du weißt schon.«

Ich beugte mich weiter vor und sah sie fragend an. »Was weiß ich?«

Angelika räusperte sich und setzte sich dann wie ein waschechter Kerl in den Stuhl (breitbeinig, ein Arm über die Rückenlehne). »Na ja, wir dachten, wenn du schon schauen willst, in welchen Bereichen wir optimieren sollten, dann wäre es doch von Vorteil, das Date so durchzuziehen, dass man von einem Happy End sprechen könnte. Also, ein Date mit Happy End.«

»Was meinst du mit Happy End?«

Angelika starrte mich kurzzeitig mit offenem Mund an, ehe sie es vollbrachte, zu antworten. »Äh, alle wissen doch, was ein Happy End ist, oder?«

»Eine Hochzeit? Zu heiraten?«

»Also das, das wäre ein Happy End mit Happy End.«

»Komm auf den Punkt!«, gab ich gereizt von mir.

Angelika nickte mir mit dem Kopf unzählige Male zu. Ich wartete darauf, dass sie endlich was sagte. Das ganze Spiel ging sicherlich an die fünf Minuten.

»S … Ss … Sss … Ssss … ex?«

»Wie bitte?«

»Wir hatten da eben drüber gesprochen, als du beim Friseur warst. Ist doch schon länger her. Wir wollten dir ein paar Tipps geben. Also ich will ja nicht angeben, aber ...« Angelika beugte sich weiter vor, ich tat es ihr gleich. »Ich kenne mich da ganz gut aus. Du verstehst«, flüsterte sie und zwinkerte mich obendrein auch noch an.

Ich war leicht geschockt. Nein. Ich war geschockt. Stark geschockt. Meine Belegschaft sprach über mich und meine Dates und wollte mir Tipps geben. *Sei ein Profi.*

»Liebe Angelika, das ist sehr nett von euch, aber ich kenne mich in diesem Thema bestens aus.«

»Wir dachten nur, weil Dieter uns mal sagte, dass du recht bescheiden im Bett bist. Du müsstest versuchen, etwas mehr Fahrt in die ganze Sache zu bringen. Du musst dich trauen. Einfach machen. Mal die Zügel in die Hand nehmen.«

Jetzt hatte sie auch noch den Namen meines Ehemaligen ausgesprochen. Die Entrüstung über die Nennung meines Ex war größer, als die Empörung darüber, dass offensichtlich der Mann, mit dem ich mal zusammengelebt hatte, mit meinen Mitarbeitern über unsere Sexpraktiken gesprochen hatte. Wobei ich fairerweise sagen muss, dass Praktiken im Plural so nicht richtig ist. Und dann hatte er auch noch erzählt, ich sei langweilig. Ich machte mich in meinem Schreibtischstuhl so groß wie möglich.

»Dann sag bitte allen da draußen, dass ich mich bestens auskenne! Ich kenne mich sehr gut aus! Und ich hatte viele Männer im Bett. Sehr viele. Und ich weiß, wie man das macht. Und …« Ich schnappte nach Luft. »Und natürlich werde ich alle Dates auf Herz und Nieren prüfen. Das ist ja lächerlich. Natürlich bringe ich es bis zum Ende!« In Wahrheit kannte ich mich kaum aus. Diet … mein Ex war der dritte Mann in meinem Leben gewesen. Und weshalb auch immer, war ich eine von den Frauen, die grundsätzlich an Langeweiler geraten war.

Angelika war erschrocken zurückgewichen und nickte nur noch.

»Das, … also, wir … wollten nur helfen.« Angelika stand auf. Ich tat es ihr gleich.

»Ich brauche keine Hilfe! Ich bin ein richtiges Sex-Monster! Natürlich weiß ich, wie man das macht!« Ich packte meine Tasche. »So, ich mache Feierabend. Ich muss schließlich vorbereitet sein. Morgen Abend habe ich das Erste von drei Dates!«

#fünf

Während der ganzen Fahrt nach Hause konnte ich nur unentwegt mit dem Kopf schütteln. Unfassbar, was meine Mitarbeiter über mich dachten. Und noch mal unfassbar, dass mein Ex über unser Sex-Leben gesprochen hatte, was in Wirklichkeit keines war. Ich war eine Wilde. Eine richtig Wilde! Lächerlich. Als ob ich nicht genau Bescheid wusste, wie der Akt als solcher vollzogen wird. Mir stand der Sinn danach, den nächsten Mann, den ich sehen würde, in mein Schlafzimmer zu schleifen und zu bearbeiten.

Immer noch kopfschüttelnd fuhr ich in meine Einfahrt und erschrak im ersten Moment, als ich einen Mann an meiner Tür hantieren sah. Sofort trat ich fest auf die Bremse, brachte augenblicklich den Motor zum Verstummen und stieg aus.

»Entschuldigen Sie mal, was machen Sie denn da an meiner Tür?«

Der Mann, der in gebückter Haltung an meiner Klinke herumfummelte, erhob sich. Der Pilz-Mensch.

Er hob lachend eine Tüte in die Luft, eine andere hing an meiner Klinke. »Ich wollte die 42 abholen und die 34 bringen. Wow! Neue Frisur? Erinnert mich ein bisschen an einen Pilz.«

»Das trägt man jetzt so. Das ist ganz modern. Da scheinen Sie nicht viel Ahnung von zu haben. Wie auch? Wenn man die meiste Zeit im Wald nach den Liebesrufen eines Uhus lauscht!« Ein schöner Mann war er, aber überhaupt nicht mein Typ. Unrasiert, dunkle Haare, die auch noch länger waren. Aber ein schönes Lächeln hatte er.

Er lachte mich an und streckte mir die Hand entgegen. Ich ergriff sie. »Anna.« Er nickte mir zu.

»Frederic«, entgegnete ich.

Er betrachtete mich von oben bis unten. »Also, wo ich Sie jetzt so vor mir stehen sehe, wage ich es zu bezweifeln, dass Sie in die Hose, die ich Ihnen gebracht habe, passen.«

Ich versuchte, mir meine Haare hinter die Ohren zu klemmen, was natürlich nicht mal im Ansatz funktionierte, und stemmte die Hände in die Hüften. »Natürlich passe ich da rein.«

Frederic klatschte in die Hände. »Schauen Sie, ich wollte auch mal wieder Sport machen. Deshalb habe ich mir eine Sporthose angezogen. Wenn Sie möchten, ziehen Sie sich um und kommen eine Runde mit. Dann könnten Sie auch gleich schauen, ob Ihnen die Hose passt.«

»Sehe ich aus, als würde ich mit einem wildfremden Mann im Wald laufen gehen?«

Wieder zeigte Frederic ein unwiderstehliches Lächeln und nickte dabei.

»Und, Anna, was sagen Sie zu einer kleinen Aktivität im Wald?« *Gut ... das könnte man ja nun auch anders verstehen.*

»Na gut, meinetwegen. Ich ziehe mich kurz um.« Ich ergriff die Tüte und zog sie von der Klinke ab, dann schloss ich auf. »Sie dürfen gerne im Wohnzimmer Platznehmen.«

Ich ging den Flur entlang und zeigte auf den Eingang des Wohnzimmers. »Vielen Dank für die Hose. Ich bin gleich wieder bei Ihnen.«

Ich sah aus den Augenwinkeln, wie Frederic mein Wohnzimmer betrat, während ich ins Schlafzimmer huschte und betete innerlich, die Hose möge bitte größer ausfallen als gewöhnlich. So schnell ich konnte, zog ich meine Jeans aus. Dann fing das Drama an.

Nachdem ich mit den Zähnen versuchte das Schild abzumachen, die Plastik-Schnur zwischen meinen Vorderen klemmte und den Eindruck erweckte, genau dort bleiben zu wollen, sah ich gleich, dass die Hose zu klein war. Klein hörte sich immerhin besser an, als eng. Natürlich war sie Letzteres. Genervt zog ich die Plastik-Schnur zwischen meinen Zähnen weg. Auf geeignete Unterwäsche zum Laufen verzichtete ich. Außerdem bedeckten die Slips, die ich gerne zum

Sport trug, gleich den ganzen Hintern und ich glaubte nicht wirklich daran, dass unter der bordeauxroten Leggins in Größe 34 überhaupt noch irgendetwas passte. Ich atmete dreimal tief ein und wieder aus, dann setzte ich mich auf die Bettkante, rollte die Hose wie Seidenstrümpfe auf, steckte meinen Fuß durch, was an sich schon Arbeit genug war und machte das Gleiche auch mit dem anderen Bein. Dass die Hose an den Unterschenkeln wie eine zweite straffe Haut saß, fand ich nicht allzu schlecht. Schließlich waren Stützstrumpfhosen auch recht eng. Aber, die Hose über die Oberschenkel zu ziehen, war eine Aufgabe, der ich kaum gewachsen war. Unter größter Anstrengung und leider dem einen oder anderen Stöhnen, das ich nicht vermeiden konnte, hatte ich sie über beide Oberschenkel gezogen. Jetzt kam der Hintern. Die größte Herausforderung. Gut war, dass ich einen String trug. So hatte ich definitiv Stoff gespart. Schlecht war, dass mein Hintern jetzt durch nichts gehalten wurde und meine Pobacken sich beinahe verselbstständigten, jedes Mal, wenn ich nur mit dem Bund in ihre Nähe kam. Es war, als wollte mein Hintern vor der Hose flüchten. Ich legte mich aufs Bett und rollte auf den Bauch. Mein Gesicht drückte ich in die Bettdecke, dann griff ich gleich mit beiden Händen an den Bund der Hose und zog sie Stück für Stück über meine Backen. Ich spürte, wie mir der Schweiß zwischen den Brüsten entlanglief und wie ich jetzt schon unzählige

Kalorien verbrannt hatte. Zudem machte sich der blaue Fleck an meiner Hüfte bemerkbar, in dem er zu pulsieren begann. Ich biss die Zähne zusammen, pausierte und atmete schwer in die Decke. Dann ein letztes Aufbäumen. Ein letztes Rucken. Ein letztes Ziehen. Es war vollbracht. Einige Sekunden blieb ich genauso liegen und überlegte mir eine Taktik, wie ich aufstehen konnte. Ich rollte mich bis an die Bettkante und versuchte, einen Fuß auf den Boden zu bekommen. Eine kleine Gewichtsverlagerung reichte, ich rutschte runter und landete genauso, wie ich zuvor auf dem Bett gelegen hatte, auf dem Fußboden.

»Anna?« Es klopfte an der Tür. Ich hob den Kopf.

»Ich komme gleich«, stöhnte ich. Ich kroch vor und ergriff meinen Nachttisch. Dann zog ich mich Zentimeter für Zentimeter hoch. Ich stand. Erleichtert atmete ich aus. Langsam drehte ich mich um und wagte den ersten Schritt. Es ging. Eng und mir wurde leicht schwindelig, aber, es ging. Die Blöße, Frederic zu sagen, sie sei leider doch zu eng und vielleicht wäre es sinnvoller, zwei Nummern größer zu kaufen, wollte ich mir unter keinen Umständen geben. Jede Hose, war sie noch so gut verarbeitet, ließ irgendwann locker. Warum also nicht auch diese? Ich betrachtete mich im Spiegel. Sie saß wie angegossen. Innerlich fühlte ich mich wie reingeschossen und ich wurde das Gefühl nicht los, dass meine Beine begannen taub zu werden. Aber, ich trug sie. Größe 34. Na bitte.

Um meine zu kurz geschnittenen Haare hinter den Ohren zu befestigen, schnappte ich mir zu diesem Zweck einige Haarklammern. Das T-Shirt, das ich ohnehin schon anhatte, behielt ich an, auch, wenn es sicherlich von Vorteil gewesen wäre, einen Sport-BH bei meiner Größe von C zu tragen. Doch so unsportlich, wie Frederic wirkte, würde es ohnehin keine lange Runde werden.

Ich trat in meine Laufschuhe und suchte im Zimmer nach etwas nicht allzu hohem, auf das ich meinen Fuß stellen konnte, um an die Schnürsenkel zu kommen. Letztlich blieb nur das Bett. Ich atmete tief ein, hielt die Luft an, half meinem Bein, sich zu winkeln und machte, so schnell ich konnte, eine Doppelschleife. Mit dem anderen Fuß verfuhr ich ähnlich. Endlich hatte ich das Kunststück vollbracht, fertig zu sein. Wobei in diesem Zusammenhang das Wort fertig wirklich genau so zutraf.

Ich verließ mein Zimmer und fand Frederic zusammen mit der Katze meines Ex-Freundes im Wohnzimmer auf der Couch.

Frederic hob den Kopf und sah mich von oben bis unten an. »Wow. Wenn die Hose mal nicht …«

»Perfekt sitzt. Vielen Dank, aber es wäre wirklich nicht nötig gewesen, mir eine neue zu kaufen. Aber, vielen Dank!«

Frederic hob Muschi von seinem Schoß, klopfte sich mit beiden Händen auf die Oberschenkel und stand dann auf. »Süße Katze. Wie heißt sie?« *Scheiße.*

Ich hustete. »Mh … Uschi.«

»Entschuldigung, aber das habe ich jetzt nicht verstanden.«

»Mh … Uschi«, murmelte ich.

Frederic sah mich immer noch fragend an.

»Mh … Uschi.«

»Sie nuscheln so. Wie heißt sie denn jetzt?«

»Muschi! Sie heißt Muschi. Muschi.«

»Muschi?«

»Muschi.«

Frederic sah mich mit hochgezogenen Augenbrauen an, ehe er auf das rötliche Kätzchen schaute.

»Ist die Katze meines Ex-Freundes!«

»Dass Sie keinen Partner haben, war mir klar.«

»Wieso war Ihnen das klar?« Ich stemmte die Hände in die Hüften und rutschte im ersten Moment ab, weil sie sich um ein paar Zentimeter verkleinert hatten.

»Nun, Sie erwecken auf mich den Eindruck, alleine zu leben.«

»Und wieso, wenn ich fragen darf?« Ich zeigte in den Flur. Frederic ging an mir vorbei, bis zur Haustür.

»Nur so ein Gefühl. Sie scheinen nicht eine von den Frauen zu sein, die sich leichtfertig auf einen Mann einlassen.«

Innerlich übersetzte ich es mir: Sie sind prüde.

»Ich arbeite viel.«

»Das sagten Sie schon bei unserer ersten Begegnung. Ich will es nur noch mal erwähnen. Die 42 ist noch da!« Er öffnete die Tür und ging nach draußen. Ich schnappte mir schnell meinen Schlüssel, suchte unsinnigerweise nach einer Tasche, die ich natürlich nicht hatte und selbst wenn, in die keinesfalls ein Haustürschlüssel reingepasst hätte, und verließ ebenfalls das Haus. Meine Beine spürte ich nicht mehr.

»Die Hose passt ganz wunderbar. Oder sehe ich etwa aus, als wäre sie zu klein?«

»Wohl eher zu eng«, entgegnete Frederic grinsend.

»Das ist ja lächerlich. Sie passt. Fertig. Mit welchem Auto sind Sie eigentlich hergekommen?«

Er zeigte auf ein altes Hollandfahrrad, das ich nicht mal im Traum zu besteigen wagen würde.

»Fahrrad. Ich wollte etwas umweltbewusster sein.«

Aha, ein Naturbursche.

»Dann wohnen Sie in der Nähe?« Das Taubheitsgefühl gelangte langsam aber sicher bis zu meinen Armen.

»Ja. Zwei Kilometer von Ihrem Haus entfernt. Sollen wir?«

»Ich bin bereit!« Wir liefen die Straße hinunter und bogen dann links in den Wald ein. Meine Beine spürte ich nun gar nicht mehr und ich musste mich voll und ganz auf meine Synapsen verlassen, die die Information: Beine bewegen, fleißig weiterleiteten.

Nach zehn Minuten wurde Frederic langsamer. »Anna, ich will Ihnen ja nicht zu nahe treten, aber ich finde, Ihre Gesichtsfarbe ist irgendwie bläulich.«

Ich lachte mit halb geöffneten Augen und verbot den anderen Synapsen den Befehl Kotzen weiterzuleiten.

»Ich muss nur mal kurz verschnaufen.« In meinem Kopf drehte sich alles. Allgegenwärtig hockte ich mich hin. Ein Geräusch, als würde ein dicker Lkw-Fahrer mit Haaren auf dem Rücken und einem beschmierten Unterhemd an, einen Fahren lassen, zerschnitt die Stille. Weiterleitung währenddessen: Hose gerissen. Genau im Schritt.

»Hoppla. Ist Ihnen da was raus gerutscht?«

»Mir … mir ist nichts raus gerutscht.« Ich saß auf dem Waldboden und versuchte, mich auf meine Atmung zu konzentrieren, weil ich langsam aber sicher das Gefühl bekam, ohnmächtig zu werden. Frederic hockte sich neben mich, packte meinen Arm und zog mich nach vorne. »Okay«, sagte er gedehnt. »Ihnen ist die Hose gerissen. Dürfte ich eine Frage stellen?«

»Bitte«, entfuhr es mir inzwischen hechelnd.

»Tragen Sie keinen Schlüpfer?«

»String.«

»Nein. Das ist gar nicht schlimm. Ich trage manchmal auch keinen.«

»String«, versuchte ich deutlicher zu sagen.

»Ach so. Das erklärt natürlich Ihren freiliegenden Po.«

Ich versuchte, eine Hand zu heben. »Seien Sie einfach still!«

Im nächsten Moment hing ich kopfüber über seiner Schulter. »Ich trage Sie. Dürfte ich wohl kurz an Ihrem String ziehen? Sie haben so viele Tannennadeln am Po kleben. Nicht, dass sich da etwas verirrt.« Noch ehe ich ›Nein‹ schreien konnte, spürte ich, wie sich etwas zwischen meinen Backen löste und im nächsten Moment zurück flutschte. »Au«, entfuhr es mir gequält.

»Sie erlauben sicher, dass ich meine Hand auf Ihr Hinterteil legen darf, sonst sieht man ja alles.«

Ich sagte nichts mehr, sondern betete innerlich, der Waldboden würde sich auftun und mich verschlucken.

#sechs

»Frau Regens!«

»Guten Tag, Frau Müller-Steinfurth.« Im Grunde war klar, dass uns auf jeden Fall jemand sehen musste. Mich vielmehr. Mich, die kopfüber von einem Mann auf der Schulter getragen wurde, der, wie ein Außenstehender vermuten würde, die Hand auf meinen Hintern gelegt hatte, als Zeichen der sexuellen Zuneigung. Dass uns ausgerechnet der Feldwebel sehen musste, hatte das Schicksal entschieden. Das Schicksal ist manchmal wirklich ein Arschloch.

»Guten Tag. Ihr ist etwas schlecht geworden, deshalb trage ich sie.« Frederic drehte sich zu Frau Müller-Steinfurth, sodass ich sie nicht sehen konnte.

»Wir beide wissen genau, dass Sie nicht aus diesem Grund Frau Regens tragen. Guten Tag!« Ich hörte, wie der Feldwebel von dannen ging.

Frederic ging zielstrebig zur Haustüre, nahm mir den Schlüssel aus der Hand, den ich ihm reichte und schloss sie auf. Sofort sprang die Katze ins Freie.

»Muschi! Kommst du hier hin! Muschi!« Bei jedem ›Muschi‹ ging Frederic kurz in die Knie, um anschließend wieder hochzuschnellen. Mir war furchtbar schlecht und meine Beine spürte ich immer noch nicht. Aber, ich spürte eine Männerhand auf meinem Allerwertesten. Nach diesem Treffen, das wusste ich, wollte ich diesen Mann nie wieder sehen.

»Also, das tut mir jetzt wirklich leid. Jetzt ist Muschi weg.« Frederic trug mich ins Wohnzimmer. Dort legte er mich auf die Couch und ich spürte mit Erleichterung, dass das ganze Blut aus meinem Kopf langsam wieder nach unten wanderte. »Dürfte ich wohl kurz in Ihre Küche?«

Ich legte einen Arm über meine Augen und winkte mit der anderen Hand. Mir war alles egal. Hauptsache, das taube Gefühl würde sich bald verabschieden. Ich hörte Schubladen, die sich öffneten und wieder schlossen, und gerade als ich rufen wollte, was er da in meiner Küche veranstaltete, kam Frederic zurück ins Wohnzimmer. Ich spürte, wie er sich auf die Couch setzte.

»So, Anna, jetzt müssen Sie mal ganz tapfer sein.«

Ich nahm den Arm von meinen Augen und starrte ihn an. »Was machen Sie denn da?« Ich hörte ein seltsames Geräusch.

»Ich schneide die Hose auf. Ich denke, wir wollen uns beiden ersparen, sie auf herkömmliche Art auszuziehen, oder?«

Inzwischen hatte es die Schere geschafft, bis zu meinem Knie vorzudringen. »Ich schaue, wenn Sie erlauben, aus Anstand weg.« Frederic sah nach oben, während seine Hand weiterhin die Schere führte. In meinen Füßen hatte ich wieder Gefühl und auch der Unterschenkel überlegte zumindest, mich wieder etwas spüren zu lassen.

Die Schere war jetzt fast oben angekommen. Ein letzter Schnitt und …

»Sie haben meine Unterhose zerschnitten!«, entfuhr es mir entrüstet, gleichzeitig, weil die enge Hose nun genügend Platz hatte und auseinander springen konnte, hielt ich eine Hand vor meinen Schritt. Frederic sah entsetzt auf das Ausmaß, was sich ihm nun bot. »Hallo? Schauen Sie bitte woanders hin?«

Er stand auf. »Ich habe eine Idee.« Und setzte sich verkehrt herum auf die Couch, sodass er das nächste Hosenbein von oben nach unten zerschneiden konnte.

Ich atmete erleichtert auf, obwohl ich ein gewisses Schamgefühl empfand, als auch das andere Bein nun endlich nicht mehr eingequetscht wurde. Wenn jetzt noch der Schwindel im Kopf aufhören würde, konnte man fast sagen, dass es mir wieder gut ging.

»Wie fühlen Sie sich?«

Ich rieb mir über die Stirn und öffnete die Augen halb. Ich sah genau auf seinen Rücken. »Mir ist etwas schwindelig.«

»Vielleicht sollten Sie mal aufstehen.«

»Ich habe nun untenrum nichts mehr an. Ich kann nicht aufstehen. Sie müssen gehen!«

»Ich lasse Sie jetzt unter keinen Umständen jetzt alleine. Haben Sie denn keine Decke hier, die Sie sich umlegen können?«

»Es ist Spätsommer!«

»Ich habe eine Idee.«

Ich hob die Hand. »Lassen Sie mal. Auch, wenn ich Ihren Ideenreichtum wirklich beachtlich finde.«

Ich hatte plötzlich das Gefühl, seine Hände überall zu spüren. Er packte mich, rollte mich auf die Seite, zog und drückte irgendetwas zurecht, ehe ich etwas in meinem Schritt fühlte.

»Fertig. Jetzt können Sie aufstehen. Kommen Sie!«

»Was haben Sie gemacht?«, fragte ich außer Atem.

»Ich habe Ihnen eine Unterhose aus der zerschnittenen Leggins gebastelt.«

Ich hob langsam den Kopf, stützte ihn mit beiden Händen und sah nach unten. Oh mein Gott …

Nachdem ich seine Hand nicht ergriffen hatte, packte mich Frederic an den Schultern und zog mich hoch. Immer noch Schwindel. »Stehen Sie mal auf«, sagte er. Ich sah ihn an. Wieder ein wunderschönes Lächeln. Schade, dass er nicht blond war, so würde er mehr meinem Typ Mann entsprechen.

»Sie sind sicher, das hält?« Ich zeigte auf die bordeauxrote, zerschnittene Leggins, die nun meinen

Schritt bedeckte und aussah, wie die weißen Tücher, die Sumo-Ringer trugen.

Ich nahm seine Hand und stand mit seiner Hilfe langsam auf.

»Wie fühlen Sie sich?«

»Es geht etwas besser.«

»Ich begleite Sie jetzt noch in die Küche und Sie trinken mal irgendetwas mit Zucker drin.«

»So etwas besitze ich nicht.«

»Mir fällt schon was ein.«

»Das glaube ich Ihnen.« Ich wollte mir gar nicht ausmalen, wie ich wohl von hinten aussah. Die gebastelte Unterhose fühlte sich eigenartig an.

Ich zeigte, als wir die Küche erreicht hatten, auf einen der Schränke, in denen sich Gläser befanden.

»Halten Sie sich mal an der Arbeitsplatte fest. Ich mixe Ihnen da mal was. Haben Sie Zucker?«

»Daneben im Schrank.« Ich hatte immer noch das Gefühl, als drehte sich alles. Wackelig stand ich an der Arbeitsfläche und hielt mich gleich mit beiden Händen fest, während Frederic zwei Löffel Zucker in das Glas gab und anschließend mit Leitungswasser füllte. Dann reichte er mir das Getränk. Ich nahm ein paar Schlucke zu mir.

»Ihre Gesichtsfarbe ist fast wieder normal.«

»Das ist mir alles wirklich sehr unangenehm«, sagte ich und trank wieder etwas.

»Nein, nein. Mir muss es unangenehm sein. Und das mit Ihrer Unterhose tut mir wirklich sehr leid. Selbstverständlich kaufe ich Ihnen …«

»Bitte nicht. Bitte kaufen Sie mir keine Hose mehr, Frederic.«

»Dann vielleicht etwas anderes? Eventuell doch ein Abendessen?«

Der Schwindel im Kopf verschwand allmählich.

»Das ist wirklich nicht nötig. Ich … würde mich jetzt gerne etwas ausruhen. Wenn Sie also …«

»Selbstverständlich. Dann mache ich mich mal wieder auf den Weg. Wenn Sie noch mal laufen möchten und dies gerne in Begleitung, melden Sie sich doch einfach. Meine Nummer haben Sie ja. Und selbstverständlich steht auch gerne noch ein Mittagessen oder Abendessen aus.«

Ich setzte mich an den Küchentisch. »Nein, nein, ich stehe in Ihrer Schuld. Ich melde mich bei Ihnen.«

Frederic kam auf mich zu, und als ich aus Höflichkeit aufstehen wollte, drückte er mich an den Schultern nach unten. »Bitte. Bleiben Sie sitzen. Ich weiß ja, wie ich raus finde. Es war sehr schön, trotz der Hose. Oder wegen der Hose. Das weiß ich noch nicht.«

Ich musste lachen, obgleich ich spürte, dass ich rot wurde. »Der Versuch ist Ihnen gelungen. Situation ins Lustige gekehrt.«

Er gab mir einen Kuss auf die Hand, dann drehte er sich um und ging. Kurz darauf hörte ich die Haustür ins Schloss fallen.

~ *»Dürfte ich Sie etwas fragen?«*

»Bitte.«

»Könnten Sie sich vielleicht umdrehen, nach vorne beugen und auf den Händen abstützen, damit ich Sie von hinten begatten kann?« ~

Seltsamer Vogel ... seltsamer Uhu.

Den restlichen Tag machte ich nichts mehr, außer mich für den morgigen Tag zu pflegen. Ich rasierte mir ausgiebig jede Stelle an meinem Körper, die evolutionsbedingt meinte, Haare sprießen zu lassen, zudem bekamen meine Füße eine Sonderbehandlung und fühlten sich danach an, wie ein Babypopo. Ich hatte mir eine gute Frisur überlegt, die den neuen Schnitt kaum, wenn überhaupt, zur Geltung brachte: Viel Gel, viel bürsten, alles nach hinten. Zwar wirkte die Frisur dann sicherlich sehr maskulin, aber ich hatte ja angegeben, dass ich dominante Männer bevorzugte und nicht etwa Weicheier, die an meinem Ohrläppchen herumlutschten. Und einen dominanten Mann würde meine Frisur wohl kaum beängstigen.

Um keinen falschen Eindruck zu erwecken, entschied ich mich für eine recht sportliche Jeans und ein klassisches Poloshirt. Eine Sache, die viele Menschen falsch machten. Sie zogen sich zu ihrem ersten Date so an, wie sie im normalen Leben gar nicht herum laufen würden. Das Gegenüber ist dann irgendwann enttäuscht und wird sagen: Sie lässt sich hängen. Deswegen ist eine der wichtigsten Regeln: Ziehen Sie genau das an, was sie anziehen würden, wenn Sie einkaufen gehen. Eine Regel, die ich auch immer meinen Mitarbeitern einbläute. Umso weniger Verständnis hatte ich für Heinz, der die dicke Dame in ein enges Schlauchkleid hatte stecken lassen und obendrein ihr am Telefon, wie später herauskam, auch noch sagte, sie sähe großartig aus und sollte des Öfteren solche Kleider tragen. Das durfte definitiv nicht mehr passieren.

Ich konnte nicht leugnen, dass ich sehr aufgeregt war. Selbst am Morgen des ersten Dates, als ich meine Agentur betrat. Ich war gut vorbereitet, ganz ohne Frage, doch die Vorstellung, einem fremden Mann in einem Restaurant gegenüberzusitzen, der sich in meiner Agentur angemeldet hatte, um die Liebe seines Lebens zu finden, machte mich nervös. Mein letztes, wahres Date lag lange zurück und ich gab es zwar nicht gerne vor meinen Mitarbeitern zu, aber Angelika hatte recht, als sie sagte, ich sei nicht so sehr geübt in gewissen Dingen. Fakt war, ich würde mir erst alle drei Dates genau anschauen und dann entscheiden, wer dazu taugte, ein ›Happy End‹ zu sein. Und danach würde ich einfach abwarten, wie es weiterging. Eigentlich durfte es danach gar nicht weitergehen. Ich prüfte schließlich nur das System. Ich prüfte das System auf mögliche Fehler. Mehr nicht.

Nach und nach trudelten alle Mitarbeiter ein und natürlich blieb es bei mir nicht unbemerkt, dass besonders die männlichen Kollegen grinsten und tuschelten. Wie immer versuchte ich, das cheflike zu ignorieren. Mit Aufregung im Bauch steuerte ich direkt mein Büro an. Ich würde meine Dates noch einmal prüfen. Nur so. Um gut vorbereitet zu sein. Heute Abend traf ich also Andreas Kuhscheidt, den Angler. Er war optisch der perfekte Mann für mich. In seiner Beschreibung stand, dass er 1,91 m groß sei und fünfundneunzig Kilogramm wog. Ein äußerst schöner Mann und nur jetzt, laut der Bilder von allen drei Männern, die ich treffen würde, wäre er für mich das perfekte Happy End.

Es klopfte züchtig an die Tür.

»Komm rein, Rüdiger!«

»Es gibt wieder eine Beschwerde. Isabell redet mit dem Mann. Der ist ziemlich aufgebracht.«

Ich fuhr mir müde durchs Gesicht. »Worum geht es denn dieses Mal? War das Date nicht gut für ihn?«

Rüdiger setzte sich sichtlich erschöpft und schüttelte unentwegt den Kopf.

»Es gab am selben Abend noch ein Pärchen, das ein Date hatte und dann schlug die eine Dame ihrem Date vor, doch mit dem anderen Paar zu tauschen.«

Ich machte ein wirklich fragendes Gesicht. »Ja und dann?«

»Na ja, die sind jetzt wohl fest zusammen. Und der Mann ist sauer, weil ihm sein Date weggelaufen ist. Er meinte, es wäre für ihn die Frau schlechthin gewesen und nu ist sie weg. Ärgerlich für ihn.«

»Warum hat er dann nicht die andere Dame gedatet?«

»Die gefiel ihm von der Größe nicht.«

Ich schnaufte laut und überlegte kurz. »Sag ihm, er würde ein kostenloses Date von uns bekommen. Und ich möchte die Namen derer haben, die an den beiden Dates beteiligt waren. Sag das bitte Isabelle.«

Rüdiger stand auf. »Das mache ich.« Und verließ hektisch das Büro.

Ich lehnte mich zurück und sah aus dem Fenster. Es musste sich was ändern. Wir brauchten mehr gute Rezensionen für unsere Agentur. Wir brauchten mehr Aufträge. Zufriedenere Kunden. Mein eigenes Date rückte in diesem Moment völlig in den Hintergrund. Es dauerte nur einige Minuten und Isabelle klopfte an meine Tür. Kurz darauf kam sie rein und setzte sich. Sie war blass im Gesicht und sah aus, als bräuchte sie dringend eine Pause.

»Isabelle, gib mir mal die Namen von den beiden, die sich an dem Abend neu gefunden haben.«

Sie schob mir einen Zettel zu.

»Sarah Korn hat sich mit Matthias Rünger zusammengetan.«

»Und wer war jetzt der Mann, der sich beschwert hat?«

»Fabian Steiner.«

»Hat er sich auf ein neues Date eingelassen?«

»Nein. Er meinte, er bräuchte ein paar Monate, um darüber hinwegzukommen.«

Ich verdrehte die Augen. »Na gut, ich kontrolliere das mal. Vielen Dank, Isabelle. Du kannst dann eine Pause machen.«

Isabelle nickte erschöpft, stand auf und verließ mein Büro. Ich gab beide Namen in das Programm ein und war überrascht. Sarah Korn und Matthias Rünger passten überhaupt nicht zusammen. Gerade einmal zu vierundfünfzig Prozent. Das war ein Witz. Äußerlichkeiten passten nicht, Hobbys passten nicht, einzig sexuelle Vorlieben hatten zumindest eine Übereinstimmung. Rollenspiele. Sie war Krankenschwester, er Polizist. Dann war ja klar, was sie abends im Bett spielten ... aber die vierundfünfzig Prozent irritierten mich sehr.

Je näher es auf den Abend zuging, desto nervöser wurde ich. Einzig die Tatsache, dass ich sehr gut vorbereitet war, beruhigte mich wenigstens etwas. Um siebzehn Uhr verließ ich die Agentur, um mich zu Hause fertigzumachen. Verabredet war ich um neunzehn Uhr im Restaurant Tellergeist. Für unsere Agentur waren grundsätzlich an vier Abenden in der Woche zwei Tische reserviert und das Essen finanzierte sich durch die Bezahlung der Kunden im Voraus. Heute besetzte ich einen der Tische. Ich war gespannt.

Ich schminkte mich nur wenig, gerade soviel, dass es durchaus meine Nase verkleinerte und meine Wangenknochen etwas mehr zur Geltung brachte. Meine Frisur saß, alle Haare hatte ich streng zurückgekämmt und mein Outfit sah völlig normal aus, genauso, wie es sein sollte. Um achtzehn Uhr dreißig verließ ich meine Wohnung. Ich wollte nach Möglichkeit früher da sein als Andreas Kuhscheidt. Ich fühlte mich wohler, den Mann zu beobachten, wenn er das Restaurant betrat.

#sieben

»Oh die Chefin der Agentur Dating-Line. Na, haben Sie heute mal Ihr eigenes Date?«

Ich lachte den Kellner verlegen an. »Nein, nein, ich prüfe nur. Damit unsere Kunden weiterhin zufrieden sein können. Nur ein Test.« Ich sah ihm an, dass er mir das unter keinen Umständen abnahm.

»Ach so. Darf ich Ihnen denn schon was zu trinken bringen?«

»Gerne. Ein Wasser.«

Der Kellner ging. Ich sah gebannt auf meine Armbanduhr. Es war bereits kurz vor neunzehn Uhr. Noch einmal überprüfte ich meinen Look in meinem Taschenspiegel und zog kräftiger als nötig gewesen wäre meine Lippen nach. Dann sah ich auf und entdeckte ihn. Er glich einer Statue, gemeißelt aus feinstem Marmor. Einer Figur, wie aus einem Liebesfilm entsprungen. Es kam mir vor, als würde er sich in Zeitlupe bewegen. Sein weißes Hemd hatte er etwas aufgeknöpft, seine Statur war perfekt. Starke Muskeln zeichneten sich unter dem Hemd ab. Seine Jeans saß knackig auf der Hüfte. Sein Schritt sah männlich aus. Ein Film lief vor meinen Augen ab. Er und ich, unter einem Wasserfall, nackt, küssend, seine starken Arme um meinen Körper geschlungen. Wie wir uns begehren und stöhnen, wie er mich packt und hochhebt, seine Männlichkeit in mir vergräbt, mich nimmt und bis zur Ekstase treibt.

Ich hatte das Gefühl, Sabber lief mir die Mundwinkel hinab. Er war mein Happy End. Die anderen Dates konnten bleiben, wo der Pfeffer wächst. Mein Herz schlug kräftig, als er auf mich zukam. Er lächelte. Ein Lächeln zum Niederknien.

Und dann kam der Moment, wo der Wasserfall zähflüssig den Bildschirm hinunterquoll und versiegte.

»Gude, isch bin der Ondrees ausm scheene Hesseland. Isch hoabb Ehne doa aa woas mitgebracht!«

~Du wilde Schnegg, zieh disch aus dua kloane Maus.~

Ich stand, wie es die Höflichkeit so vorschrieb, auf und hielt Andreas die Hand entgegen.

Andreas überreichte mir ein Geschenk und es wunderte mich etwas, dass ein übler Geruch mit einem Mal den Raum erfüllte.

»Vielen Dank für die Aufmerksamkeit«, versuchte ich lächelnd zu sagen. Wir setzten uns und ich packte das Geschenk aus.

»De Fisch doa, de hoab isch selwer geangelt. Geschdern moje. Extra füer Sie. Wolle mer de vielleischt zamme koche?«

Ich versuchte, ausschließlich durch den Mund zu atmen. Würde ich durch die Nase atmen, hätte ich das Gefühl, mich übergeben zu müssen. Mein Lächeln sah mit Sicherheit absolut gequält aus. »Wissen Sie, ich esse nicht so gerne Fisch. Tut mir leid.« Ich legte das Papier wieder über die leblosen Augen des Geschöpfes und schob ihn etwas von mir entfernt auf den Tisch.

»Wolle mer doann vielleischt mol oanneres zamme koche? Isch koche sou geern. Doa kennde mer doch zu mer mol dabbe.«

~Doarf isch moi Angel in Sie stecke?~

So, das war es jetzt. Selbst wenn er den Mund hielt, kam er für ein Happy End nicht mehr infrage. Unter gar keinen Umständen.

Andreas redete nahezu ununterbrochen und ich sparte mir, nach immerhin zwei Stunden, noch zuzuhören. Davon abgesehen, verstand ich immer nur die Hälfte von dem, was er sagte. Was für eine Verschwendung. So ein schöner Mann. Um zweiundzwanzig Uhr konnte ich nicht anders und trommelte mit den Fingern auf den Tisch, in der Hoffnung, dass er das Zeichen verstand und ebenfalls den Abend beenden wollte. Und er verstand. Na Gott sei Dank!

»Joh, Anna, als des dudd mer jetz arig laad, awwer Sie unn isch, noa, des wird nix. Isch brauche doa jemande, der sou uffgeschlosse is.«

Und ich brauche jemanden, der Hochdeutsch spricht …

»Wissen Sie, Andreas, das macht gar nichts. Dafür ist es doch gut, dass es diese Dates gibt. Sind Sie denn im Allgemeinen zufrieden mit der Agentur Dating-Line?«

Das erste Mal verspürte ich, dass ich Interesse an dem hatte, was er sagen würde.

»Als, woann isch doa mol goanz ehrlisch soi doarf, awwer besonners scheenie Fraue … noa. Die hoabb isch inde Agentur noch nedd gfunne. S` sinn als sou langweilische Fraue.«

Ich stand auf. »Danke, Andreas, danke. Das reicht mir schon.«

Auch er stand auf. Schade … so ein schöner Mann …

»Hoabb isch Sie jetz verletzt? Wisse Sie, isch bin joh ein goanz sensibler. Goanz sensibel.«

Warum ich den leichten Anflug von Wut mit einem Male empfand, konnte ich mir selbst nicht erklären. Vielleicht hing es damit zusammen, dass ich nahezu drei Stunden diesen Dialekt hören musste. Vielleicht hing es damit zusammen, dass er mir einen Korb gab. Das wurmte mich. Was stimmte nicht an mir? Dass ich ihm einen Korb gab, lag auf der Hand, aber dass er zuerst damit anfing? Er wollte kein Happy End mit mir?

Ich stützte mich mit beiden Händen auf dem Tisch ab und beugte mich etwas zu ihm nach vorne.

»Hätten Sie denn vielleicht Lust, noch was anderes mit mir zu machen?« Ich klimperte mit den Augen und spitzte etwas meine Lippe. Dann ein kokettes Lächeln meinerseits.

»Des hoabb isch jetz nedd verstoanne. Wolle Sie doch gern mol met mer koche?«

Ich schüttelte lachend den Kopf. Dann reichte ich ihm die Hand. »Machen Sie es gut, Andreas, ich hoffe, dass Sie ein Date haben, wo die Dame ganz Ihrem Geschmack entspricht.«

»Na, des hoff isch aa. Vergesse Sie nedd de Fisch. Mache Sie`s gud.«

Andreas drehte sich um, hob noch einmal die Hand und verschwand. Ich setzte mich unweigerlich wieder hin und zeigte auf. »Einen Martini!« Der Kellner nickte und lächelte mich beinahe mitleidig an. Was für ein schreckliches Date. Der passte ja nun gar nicht zu mir. Ich fand das von vornherein mit dem Angeln doof. Er mochte aufgeschlossene Frauen. Lächerlich. Angler sind alles, nur nicht aufgeschlossen. Sie sitzen den ganzen lieben langen Tag an irgendeinem Gewässer und halten ihre Angeln da rein.

»So, einen Martini für die Dame. Es tut mir sehr leid, dass es nicht geklappt hat.« Der Kellner drehte sich um und ging zurück zur Theke. Eine Bedienung, die hinter dem Tresen stand und für die Getränke zuständig war, hob die Hand. »Also mir tut das auch leid. Sie finden schon noch einen Mann.«

Alle Gäste, die an ihren Tischen saßen, schauten ebenfalls zu mir und riefen fast im Chor. »Tut mir auch leid.« Somit war ich zum Gespräch aller geworden. Kannte man mich? Wussten die Leute, dass ich die Chefin der Agentur Dating-Line war? Ich trank, so schnell ich konnte meinen Martini, den ich extra bezahlen musste, da er eindeutig nicht mehr in das Date fiel, aus, beglich die Rechnung, stand auf und ging, begleitet von mitleidigem Klatschen aller Gäste, Personal mit eingeschlossen.

Das Programm musste ganz dringend optimiert werden. Was stimmte nicht? Ich passte doch mit Andreas Kuhscheidt laut Computer zu über neunzig Prozent zusammen! Was machten die fehlenden Zahlen bis zur Hundert aus?

Grübelnd fuhr ich nach Hause. Noch ehe ich in meine Einfahrt fuhr, sah ich erneut eine Tüte an meiner Tür hängen. Oh bitte nicht schon wieder …

Ich parkte, stieg aus, schloss mein Auto im Gehen ab, lief zur Haustür und nahm genervt die Tüte von der Klinke. Ich schloss auf und war froh, als ich mich auf die Couch fallen lassen konnte. Lustlos griff ich in die Tüte und zog wieder ein Geschenk heraus. Ich öffnete es. Ein Paar bordeauxroter Leggins. Inzwischen mochte ich nicht mal mehr die Farbe. Außerdem hing noch etwas Weißes aus den Beinen heraus. Ich entfaltete es und hielt es hoch. Eine Unterhose. Also, eine Unterhose. Ich meine damit, eine Unterhose. Also, eine Hose für drunter. Ich wusste nicht einmal, dass diese Hosen, also Unterhosen, überhaupt noch gebaut wurden. Hundert Prozent Baumwolle. Weiß. Ripp. Groß. Kaum Beinausschnitt. Höhe des Bundes: bis über die Nieren. Ich schluckte. Na wenigstens stimmte die Größe. 38. Wie die Leggins. Ich entdeckte wieder eine kleine Karte.

> Liebe Anna, ich dachte, diese Unterhose wäre sinnvoller, für den Fall etwas reißt noch mal. So können sich keine Nadeln zwischen ihren Backen verirren. (Ist auch Kochwäsche).
> Mit einem freundlichen Gruß, Ihr
> Frederic

Ich wusste nicht, ob ich lachen oder heulen sollte und weil ich mich nicht entscheiden konnte, tat ich beides nicht, sondern ging ins Bad, um mich für die Nacht fertigzumachen. So viel Pech mit Männern konnte man doch nicht haben. Wieso passierte mir das?

Pünktlich um neun Uhr kam ich am nächsten Morgen in der Agentur an. Zu meiner Freude waren auch alle

Mitarbeiter da, sodass ich gleich mit der Besprechung beginnen konnte.

»Guten Morgen zusammen. Wir müssten nochmals über die Optimierungen reden! Isabelle, vielleicht erzählst du mal, welchen Fall du gestern hattest und wie du ihn gelöst hast!« Ich setzte mich und versuchte, jeden Mitarbeiter anzuschauen. Die zwei Reinigungskräfte begannen gerade mit ihrer Arbeit.

Isabelle räusperte sich. »Also es trug sich folgendermaßen zu. An dem besagten …«

»Etwas lauter, bitte!«, sagte Heinz und klappte zusätzlich eines seiner Ohren mit der Hand leicht nach vorne.

»An dem besagten Abend, an dem zwei Dates im Tellergeist stattfanden, trug es sich so zu, dass die Dame des einen Dates ein Auge auf den Herrn des anderen Dates geworfen hatte«, schrie Isabelle.

Heinz haute mit beiden Händen auf den Tisch. »Anzeigen.«

»Wie bitte?« Isabelle sah Heinz fragend an und zwinkerte übertrieben oft mit den Wimpern.

»Wenn mich einer bewirft, zeige ich ihn an. Fertig.«

»Wieso wurde der denn beworfen?« Rüdiger machte ein völlig ahnungsloses Gesicht.

»Also, das verstehe ich jetzt auch nicht. Die Anzeige wäre doch dann nicht unsere Sache. Das müssten die Kunden dann schon selbst in Angriff nehmen.« Brigitte bedachte jeden mit einem ernsten Blick.

Marvin meldete sich.

»Bitte«, entfuhr es mir genervt.

»Verliere ich meinen Job?«

Innerlich zählte ich bis zehn, schloss kurz die Augen und atmete einige Male tief ein und wieder aus. »Wenn du noch einmal diese Frage stellst, kündige ich dir! Isabelle, weiter!« Marvins Kinn zitterte stark.

»Also es wurde dann noch am selben Abend getauscht, obwohl nicht alle damit einverstanden waren. Und dann passierte das, was eigentlich hätte gar nicht passieren dürfen.«

Alles schaute Isabelle fragend an.

»Was passierte dann?«, fragte ich schließlich, nachdem keiner mehr was gesagt hatte.

»Sie küssten sich und einer der Bediensteten sagte, sie seien danach zu ihm gefahren und hätten ein Happy End gehabt.«

Ein Raunen ging durch die Menge und selbst die Reinigungskräfte schüttelten den Kopf.

»Aber die Frage wäre doch viel interessanter: Sind sie auch nach dem Happy End noch zusammen?«

Isabelle nickte mehrmals hintereinander. »Die Frage habe ich mir natürlich auch gestellt, und wie es aussieht, wäre es durchaus denkbar, dass diese Konstellation unsere nächste Hochzeit wird!«

Jeder schüttelte den Kopf.

»Und das mit vierundfünfzig Prozent!«, fügte Isabelle noch hinzu.

Die Reinigungskräfte gingen reichlich perplex ihrer Arbeit nach.

»Wie war denn eigentlich dein Date?«, fragte plötzlich Angelika. Alle Augenpaare waren auf mich gerichtet, inklusive der Reinigungskräfte.

»Also, die Auswertungen meiner Kontrolle, bekommt ihr, wenn ich mit allen Dates durch bin.« Ich klopfte schnell meine Unterlagen zusammen.

»Aber gab es denn schon ein Happy End?« Alles wartete auf meine Antwort.

»Ein Happy End sollte es nur geben, wenn man bereits während des Essens spürt, dass das Date zum potenziellen Favoriten werden könnte.«

»Und das war er nicht?«

»Sonst hätte es ja wohl ein Happy End gegeben!« Ich funkelte Angelika wütend an.

Rüdiger lachte leise, verschränkte die Arme vor der Brust und schüttelte gleichzeitig mit dem Kopf.

»Rüdiger, wenn du etwas zu sagen hast, dann sag es halt!«

»Es hätte ja auch sein können, dass das Date mit dir kein Happy End haben wollte.« Er hob schnell eine Hand und schaute nach unten. »Nur so eine Vermutung. Man muss sich natürlich auch wirklich Mühe geben, wenn man die Agentur testen möchte.«

»Gehe ich recht in der Annahme, dass alle Anwesenden hier denken, dass ich mir keinerlei Mühe gebe? Ist allen Anwesenden hier bewusst, dass es sich um MEINE Agentur handelt?«< Ich spürte, wie sich mein Puls um das Doppelte beschleunigte.

»Also, Anna, jetzt hör mal! Wir machen uns nur Sorgen um dich. Ich meine, Dieter und Sabine haben uns so viel erzählt, dass wir uns alle fragen, ob es so gut war, dass du die Testerin bist. Das ist alles. Ist gar nicht böse gemeint. Aber wäre es nicht denkbar, dass du den Dates signalisierst, zu unerfahren zu sein?« Brigitte zwinkerte mich an, doch wurde sie mit jedem Wort, das sie ausgesprochen hatte, leiser. Ich schluckte nur noch und spürte die Röte in meinem Gesicht.

»Erstens: Ich möchte den Namen meines Ex-Freundes nicht mehr hören! Haben das jetzt alle verstanden?« Alle nickten, außer Heinz, der nur mit den Schultern zuckte. Vermutlich, weil sein Hörgerät mal wieder einen Aussetzer hatte. »Zweitens: Ich weiß nicht, was hier erzählt wird, aber ich bin eine ganz normale Frau, die ganz normal Bescheid weiß, die ganz normalen Beischlaf hatte, mit verschiedenen Männern. Ich habe also Ahnung, wie man mit einem Mann umgeht. Und ich habe gestern Abend, übrigens relativ schnell entschieden, dass das Date nicht für ein Happy End infrage kommt!«

Rüdiger flüsterte mit Brigitte, die wild zu nicken begann.

»Rüdiger, wenn du noch irgendetwas hinzufügen möchtest, dann tue es bitte jetzt, ansonsten möchte ich alle bitten, wieder an die Arbeit zu gehen, denn ich muss das Date, was ich heute Abend haben werde, noch vorbereiten.«

»Also, mein Freund angelt mit dem Herrn Kuhscheidt. Seit vier Jahren schon. Und sie haben gestern Abend noch telefoniert.«

»Kommt noch irgendetwas Sinnvolles?«

»Herr Kuhscheidt wollte mit dir gar kein Happy End! Anna, das kannst du uns ruhig sagen. Ist nicht schlimm. Ich meine, nicht jede Frau kann so eine Ausstrahlung haben, dass Mann sich durchaus auch eben ein Happy End vorstellen kann. Ich meine, ein Happy End stellt man sich ja lieber mit etwas aufgeschlosseneren Damen vor.« Ich versuchte, die Geste, nach Luft zu schnappen, zu unterdrücken.

»Und du bist der Meinung, ich sei nicht aufgeschlossen?«, fragte ich nun sichtlich wütend.

»Ich dachte nur, weil Diet … also, dein Ex meinte, du seist etwas schüchterner. Ist ja nicht schlimm. Also, ich mag schüchterne Frauen sehr gerne. Auch im Zusammenhang mit einem Happy End.« Rüdiger hob beide Hände in die Luft und zog die Augenbrauen in die Höhe.

Alle Männer nickten und stimmten dem zu.

»Nase!«, schrie Heinz. Alles starrte ihn an. Ich auch.

»Wie bitte?«

»Männer mögen es gerne, wenn man ihnen an die Nase fasst. Das ist ein Zeichen von sexueller Aufgeschlossenheit.«

Ich beobachtete einige männliche Mitarbeiter, wie sie sich selbst an ihre Nasen fassten. »Das ist doch totaler Bullshit!«, entfuhr es Angelika.

»Kannst du doch gar nicht wissen. Du bist eine Lesbe.«

Heinz wedelte wieder wild mit den Armen. »Lesbe!«, brüllte Brigitte wütend und schlug mit den Fäusten auf den Tisch. Heinz nickte.

»Also ich sage dazu nur eins: rein und wieder raus. Dann klappt es auch mit dem Happy End.« Angelika verschränkte zufrieden die Arme vor der Brust und nickte uns zu.

»Rein und wieder raus? Was hat das denn mit einem Happy End zu tun?«, fragte Brigitte.

Angelika holte Luft, doch ich kam ihr schnell zuvor, weil ich Sorge hatte, sie könne uns detailliert erklären, wie das genau mit dem rein und wieder raus gemeint war.

»So, an dieser Stelle breche ich unsere Konferenz ab. Bitte alle wieder an ihre Plätze!«

Ich stand, so schnell ich konnte auf und marschierte unverzüglich in mein Büro. Erst da schaffte ich es, tief ein- und wieder auszuatmen. Fakt war, meine Mitarbeiter glaubten, ich sei ein Mauerblümchen. Eine ganz Schüchterne. Eine, die vom ›rein und raus -

Spiel‹ gar keine Ahnung hatte. Wie konnte ich das ändern? Das Date. Heute Abend. Mit dem Dicken … also mit dem Bodybuilder. Happy End. Fertig. Ich nickte mir selbst energisch zu, informierte mich nochmals über alle Belange, die dieser Jürgen Kaminsky in das Programm eingegeben hatte, und nickte zufrieden. Den würde ich klar machen, den Jürgen.

Heute Abend besetzte ich wieder einen Tisch für zwei Personen. Und ich würde meine Taktik mit den Klamotten ändern. Mal etwas Neues ausprobieren. Schließlich war es ein Test!

#acht

Um sechszehn Uhr verließ ich meine Agentur, nachdem alle anderen Mitarbeiter schon früher ihre Arbeit für beendet erklärt hatten. Mein Weg führte mich jedoch nicht gleich nach Hause, sondern in die Stadt, um mir etwas für mein zweites Date zu kaufen. Vielleicht war das rote Poloshirt gestern Abend doch zu salopp gewesen. Vielleicht sollte man als Frau nicht so sehr mit seinen Reizen geizen. Attraktiv. Man musste attraktiv sein.

Ungefähr fünf Minuten schlich ich vor dem Laden rum mit dem Namen SexSales. Als ich den Moment erwischte, wo ich glaubte, kein Passant sah, wie ich hineinhuschen wollte, wagte ich es. Mit schnellen Schritten verschwand ich in dem relativ dunklen Laden. Mein Vorhaben: aufreizende Unterwäsche. Damit fühlte man sich automatisch attraktiver und die eigene Ausstrahlung würde mitziehen.

Ich blieb wie angewurzelt stehen.

»Hallo. Kann ich dir helfen?« Eine junge Frau, schätzungsweise Anfang zwanzig, stand Kaugummi kauend vor mir, und sah mich von oben bis unten an.

»Ich habe heute Abend ein Date.«

Sie nickte und rückte dabei ihre Lederkorsage, die nur knapp ihre Brüste bedeckte, zurecht. »Dann komm mal mit.« Sie ging schmatzend in eine Ecke, in der sich Ständer mit undefinierbaren Sachen befanden, schob einige Bügel zur Seite und zog ein Teil hervor, wo mir die Spucke wegblieb.

»Größe 42?«, fragte sie schmatzend und hielt etwas Schwarzes hoch.

»Nein. Größe 38!«, entfuhr es mir zickig. Die Zwanzigjährige sah mich mit hochgezogenen Augenbrauen an, hängte dann dieses Teil zurück und nahm ein neues in die Hand. Sie zeigte in die andere Ecke. »Da vorne kannste dich umziehen.«

»Danke.« Irgendwie bekam ich das Gefühl, fehl am Platz zu sein. Ich schlich zur Umkleide und zog schnell den Vorhang hinter mir zu. Dann entkleidete ich mich. Mehrfach drehte ich das schwarze Teil und suchte Anfang und Ende.

»Entschuldigung? Wie zieht man das denn an?«

Das Schmatzen kam näher. Ich hielt mit einer Hand den Vorhang zu und steckte nur meinen Kopf durch die Öffnung »Gib mal«, sagte die Verkäuferin. Ich reichte es ihr. Sie drehte es gekonnt einige Male um und zeigte mir dann, wo man den Kopf durchstecken musste und wo die Beine. Es war ein Einteiler. »Fällt es Männern nicht schwer, das auszuziehen?«, fragte ich.

»Ach so, willst du ein Happy End?«

»Äh … ja.«

»Dann ist das Scheiße. Warte. Größe 38, ja?«

»Ja.«

Ungeduldig wartete ich.

»Anna, du hier?«

Oh Gott … ich drehte in Zeitlupe den Kopf.

»Rüdiger. Was … also, was machst du denn hier?«

»Ich muss was umtauschen. War meiner Frau einfach zu klein! Und, Anna, bereitest du dich auf dein Date vor?«

»Ich trage auch gerne mal so schöne Unterwäsche. Das hat jetzt gar nichts mit dem Date zu tun!«, entfuhr es mir. Die Verkäuferin brachte währenddessen einen Zweiteiler.

»Das sieht gut aus. Zieh doch mal an, Anna, und ich sage dir, ob das einem Mann gefällt. Praktisch, dass ich auch hier bin.« Rüdiger nickte mir lächelnd zu.

Umständlich schob ich eine Hand raus und nahm der Verkäuferin den Zweiteiler aus der Hand.

»Danke, Rüdiger, aber das kann ich alleine entscheiden, ob das gut aussieht oder eben nicht! Tausch du mal lieber um.«

»Wie du meinst. Wenn du doch noch Fragen hast, ich bin ja noch hier.«

Ich hörte, wie Rüdiger sich an die Verkäuferin wandte. »Die sind meiner Frau zu klein. Nach zwei Kindern ist eben doch alles etwas weiter geworden.«

Ich hörte die Verkäuferin, wie sie schneller schmatze. Dann verstummte das Schmatzen. »Die kann sie auch für hinten nehmen. Dann müsste es passen.«

»Auch für hinten, ja?«

»Oder du nimmst Größere, die passen dann aber hinten nicht mehr.«

Ich verharrte in der Bewegung und zog ernsthaft in Erwägung, mir die Ohren zuzuhalten.

»Hm. Da müsste ich besser meine Frau fragen. Ich weiß jetzt nicht, ob die nur für vorne passen sollen.«

»Du kannst die Größeren für vorne kaufen und die Kleineren nimmst du für hinten mit. Dann kann sich deine Frau aussuchen.«

Schmatzen.

»Ja, dann nehme ich noch eine Nummer größer. Für vorne dann.«

»Eine Nummer?«

Schmatzen.

»Lieber zwei?«

»Nach zwei Geburten würde ich fast schon zu drei Nummern größer raten. Also für vorne. Für hinten müsste es hinkommen mit den Kleineren. Aber auch da könnte man eine Nummer größer nehmen. Ich weiß ja nicht, wie alt deine Frau ist.«

Schmatzen.

»Neununddreißig.«

»Also in dem Alter, da müsstest du doch auch für hinten eine Nummer größer nehmen.«

»Ja gut. Dann die für vorne drei Nummern größer und für hinten eine.«

Ich hörte Schritte, die sich entfernten. Ohne den Zweiteiler anprobiert zu haben, schlüpfte ich schnell wieder in meine Klamotten.

»Und? Anna? Passt es?«

»Danke, Rüdiger, ich komme zurecht!« Ich saß angezogen auf dem kleinen Hocker und wartete darauf, dass Rüdiger endlich den Laden verließ.

»Ja dann, viel Glück heute Abend. Bis morgen.«

Ich hob nur still die Hand und hoffte, dass er endlich verschwand.

»Kannst rauskommen. Der ist weg.«

Die Verkäuferin stand vor der Umkleide und schmatze vor sich hin. Ich kam raus. »Und?«, fragte sie.

»Passt total gut. Nehme ich.«

Ich hatte nur noch ein Ziel vor Augen: Den Laden so schnell es ging verlassen. Möglichst ohne von irgendjemandem gesehen zu werden, wobei ich mir sicher war, dass morgen die gesamte Belegschaft – eingeschlossen der Reinigungskräfte – von meinem Besuch im Laden SexSales wusste.

Ich bezahlte einen stolzen Preis für den Zweiteiler, den ich nicht anprobiert hatte, lächelte die Verkäuferin nur an, als diese mir gutes Gelingen für das Happy End wünschte, sauste aus dem Laden, machte blitzschnell eine Drehung nach links und schlenderte so, als wäre ich die ganze Zeit schon in diesem Tempo unterwegs. Als Nächstes besuchte ich ein Kaufhaus, in dem es Abendkleider gab. Ich hatte ganz genaue Vorstellungen. Schwarz, elegant, klassisch. Ohne Schnickschnack.

»Guten Tag, kann ich Ihnen weiterhelfen?«

Nach dem Kaugummi war mir die Dame, die in etwa meinem Alter entsprach, äußerst sympathisch. Sie machte einen ganz normalen Eindruck.

»Ich hätte gerne ein schwarzes Kleid, kann ruhig eng sein und halblang. Ist für ein Date.«

»Wenn Sie mir bitte folgen, ich habe da eine schöne Auswahl. 42?«

Atmen. Hecheln. Atmen. Verkäuferin: unsympathisch

»Nein. 38«, brachte ich zwischen zusammengebissenen Zähnen hervor. Die Verkäuferin nickte nur.

»Dann hätte ich dieses hier. Ganz einfach. Unter uns gesagt, pink soll dieses Jahr das neue Schwarz sein! Nicht mal eins in Pink probieren? Habe ich in vielen verschiedenen Größen da.« Sie hielt ein pinkfarbenes Schlauchkleid in die Höhe und ich konnte mir schon denken, dass es das Gleiche war, was die füllige Kundin getragen hatte, nachdem Heinz ihr begeistert erzählt hatte, dass es ihr hervorragend stehen würde.

»Nein. Schwarz soll es sein.«

»Wie Sie meinen. Ich sag ja nur. Schwarz trägt man eigentlich nicht mehr. Soll es denn für ein Happy End sein?«

Wieso wussten alle, was ein Happy End war?

»Äh … ja.«

»Also dann würde ich in jedem Fall pink nehmen. Schwarz signalisiert eher Langeweile. Ist wissenschaftlich belegt. Pink, viel besser. Es sei denn, Sie wollen gar kein Happy End.«

Ich nahm der Verkäuferin das schwarze Kleid aus der Hand. »Ich nehme das hier. Vielen Dank!«

»Wie Sie meinen. Müssen Sie wissen. Noch anprobieren? Also unter uns gesagt, müssen Sie nicht. Es passt mit Sicherheit und ein Happy End steht dann ja doch ohnehin sehr infrage.«

»Auf Wiedersehen.«

Ich marschierte schnell zur Kasse und legte das Kleid so hin, dass der Mann sofort den Barcode sehen und mit dem Gerät darüber fahren konnte.

»Das ist aber schön, wenn ich das mal sagen darf, noch jemanden zu treffen, der ein Schwarzes kauft!« Der Kassierer lächelte mich freundlich an und hielt kurz das Kleid in die Höhe.

Danke, das habe ich jetzt gebraucht.

»Ja, ist ja eben klassisch«, sagte ich und sah ihn dankend an.

»Finde ich richtig toll. Da gebe ich Ihnen auch zehn Prozent drauf. Wissen Sie, die meisten Frauen sind ja nur noch auf ein Happy End aus.« Ich kam mir vor, als wäre ich die Hauptdarstellerin in einem schlechten Film. Wieso wussten alle, was ein Happy End bedeutete? Wieso wusste ich das nicht vorher?

Mir blieb kurzzeitig der Mund offen stehen. *Bezahlen und raus.*

Das kleine Schwarze hatte einen stolzen Preis von hundertneunundvierzig Euro. Mein Wunsch war es nur noch, schnell nach Hause zu kommen.

Erschöpft ließ ich mich auf die Couch fallen. Was für ein Tag! Im Grunde stand mir mehr der Sinn nach Bett. Also, alleine. Früh schlafen gehen. Auf das Date hatte ich keine große Lust. Aber, als Workaholic kam ich natürlich meiner Pflicht nach. Schließlich diente dieses Date rein der offensichtlich fehlenden Geschäftsphilosophie. Und ja, ich gebe es zu, sicherlich auch der Ehre, die ich vor meinen Mitarbeitern wahren musste. Dank meines Ex-Freundes, dachte man ja nun über mich, dass ich nicht in der Lage war, ein Date zu haben, beziehungsweise das dann auch noch zu einem Happy End zu bringen. Aber, so nahm ich mir vor, dies würde sich heute ändern. Definitiv. Und wenn er bayrisch spräche, wäre es mir auch ganz egal.

Erschöpft zog ich etwas unter meinem Hintern hervor, was mich zu stören begann. Die weinroten Leggins und der … Schlüpfer … die Unterhose … der Lappen … das Untenrumzelt. Ich betrachtete beides und entschied, wenigstens ›Danke‹ zu sagen. Irgendwie waren seine Bemühungen, auch wenn etwas schräg, ja süß.

Ich beugte mich vor und nahm seine Visitenkarte zur Hand, die immer noch auf dem Wohnzimmertisch lag. Dann rief ich an. Es dauerte, bis Frederic dran ging.

»Oh, hallo Anna«, begrüßte er mich. Ich lachte.

»Hallo, Frederic. Ich wollte mich für die Hosen bedanken. Sehr nett von Ihnen. Aber die … Unterhose … also, wenn ich ehrlich sein darf, trage ich so etwas gar nicht.«

»Zum Laufen sind die Unterhosen ideal. Ich habe gleich drei davon! Wie sieht es aus? Lust, die Hosen heute Abend mit mir einzuweihen?«

»Wow. Drei Stück? Das ist eine Menge … *Stoff*. Leider kann ich nicht. Ich muss noch arbeiten und werde sicher nicht vor Mitternacht fertig sein.« Ich stand auf und schlenderte in die Küche.

»So spät noch arbeiten? Was machen Sie denn, Anna?«

Ich goss mir ein halbes Glas Weißwein ein und trank einen Schluck. »Ich habe eine eigene Agentur. Eine Agentur, die Dates vermittelt. Und momentan häufen sich leider die Beschwerden, deshalb muss ich das System auf Herz und Nieren prüfen.«

»Oh. Das hört sich wirklich nach Arbeit an. Kann ich Ihnen dabei vielleicht helfen?«

Ich lachte.

»Nein. Leider nicht. Es sei denn, Sie wollen heute Abend zu meinem Date gehen.«

Jetzt lachte Frederic.

»Ich denke, Ihre Verabredung wäre nicht besonders erfreut, wenn ich käme.«

Ich kicherte. »Das glaube ich auch.« Ich wurde wieder ernst und zupfte mir einige Fussel von der Hose. »Ich muss herausfinden, warum wir so viele Beschwerden haben. Und dann komme ich nicht drum herum, das System selbst zu prüfen.« Mir brannte seit geraumer Zeit eine Frage auf den Lippen und ich hatte das Gefühl, der richtige Zeitpunkt, die Frage zu stellen, war genau jetzt. »Frederic, dürfte ich Ihnen eine Frage stellen?«

»Selbstverständlich.«

»Kennen Sie die Bedeutung eines Happy Ends?«

Es entstand eine kurze Pause, in der ich mir auf die Unterlippe biss. Ich vernahm plötzlich ein Schnaufen. »Nun, für mich ist ein Happy End der glückliche und gute Ausgang einer Geschichte. Ich bin in der Hinsicht etwas altmodisch, fürchte ich.«

Mir fiel in diesem Moment ein kleiner Stein vom Herzen, denn genau das dachte ich auch über ein

Happy End. Eine Geschichte, die ein schönes Ende hat. Nicht mehr und nicht weniger. »Die meisten Leute denken, gerade in Verbindung mit einem Date, dass es bedeutet, Sex zu haben.«

»Ja, ich weiß. Das habe ich auch mal gehört. Und? Sollte Ihr Date heute Abend mit einem Happy End enden?«

»Na ja, ich muss das System prüfen. Vermutlich komme ich dann nicht drum herum, eben auch ein Happy End zu haben. Also, nicht im altmodischem Sinne gesprochen.«

»Na, dann haben Sie ja wirklich heute noch sehr viel zu tun. Vielleicht haben Sie morgen Mittag Zeit? Eventuell könnte ich Ihnen und mir nach dem Laufen etwas kochen. Ich bin kein besonders guter Koch, aber, ich gebe mir stets Mühe.«

»Ja. Morgen Mittag hätte ich Zeit. Am Wochenende bleibt meine Agentur weitestgehend geschlossen. Wollen Sie dann wieder zu mir kommen?«

»Wenn es Ihnen recht wäre?«

»Sehr gerne. Um zwölf Uhr?«

»Wunderbar. Also dann, um zwölf Uhr bei Ihnen. Sollte das *Happy End* länger dauern, meine Nummer haben Sie ja. Einfach anrufen.«

»Vielen Dank, Frederic. Ich freue mich auf Sie.«

»Also dann, schöne Frau, bis morgen.«

Es machte klick. Frederic hatte aufgelegt. Ein lieber Mensch und irgendwie wurde ich das Gefühl nicht los, dass es mir richtig guttat, auch mal mit jemandem außerhalb der Agentur zu sprechen.

Ein Blick auf die Uhr ließ mich kurzzeitig erstarren. Es war bereits achtzehn Uhr. In einer halben Stunde musste ich losfahren.

Ich sauste ins Bad, zog mich währenddessen aus und sprang unter die Dusche.

Nachdem ich mich abgetrocknet hatte, holte ich die Tüte mit der Unterwäsche und dem Kleid. Der Zweiteiler, den ich gekauft hatte, um ihn unter dem Schwarzen zu tragen, sah merkwürdig spärlich aus. Den Schlüpfer erkannte ich sofort als diesen und zog ihn an. Seltsam war das Loch unten. Sind Schlüpfer nicht immer geschlossen? Die Tatsache, dass ich das Gefühl hatte, immer noch nackt zu sein, versuchte ich zu ignorieren. Viel Stoff bedeckte meinen Schritt nicht und ich fand es fast unverschämt, so etwas als Wäsche anzubieten. Außerdem schnürten die Bündchen im Schritt ein. Hoffentlich weitete der Slip sich noch. Der BH. Tja. Der BH … würde man ihn unter H verkaufen, wäre es angemessener. Es war kein klassischer BH. Eigentlich war es nur eine Halterung für die Brust. Wieso wurde das als BH verkauft? Körbchen fehlten gänzlich. Im Grunde hielt dieses schwarze Teil nur die Brüste nach oben. Ich hätte es anprobieren sollen. Zu spät.

#neun

Obwohl ich keine Zeit mehr hatte, stand ich sicherlich seit fünf Minuten vor meinem großen Spiegel, der im Schlafzimmer hing, und begutachtete mich. Das schwarze einfache Kleid gefiel mir gut. Keine Frage. Es hatte halblange Ärmel, einen tiefen V-Ausschnitt, war eng anliegend und reichte mir bis kurz über die Knie. Aber der BH ... also der H. Der gab einem das Gefühl, nichts zu tragen und bei jedem Schritt, den ich tat, spürte ich den Luftzug, der es durch das Loch im Höschen schaffte. Hoffentlich holte ich mir keine Blasenentzündung. Das Loch in der Unterhose verstand ich immer noch nicht. Erst dachte ich, der Schlüpfer wäre kaputt. Aber bei näherem Betrachten fiel auf, dass es offensichtlich gewollt war, denn die Umrandung des Loches war ordentlich vernäht.

Mein Gesicht gefiel mir. Ich hatte mich viel stärker geschminkt, als gestern und es gewagt, einen knallroten Lippenstift zu tragen, als Zeichen von Sinnlichkeit. Es sah sexy aus. So, dass es eigentlich unmöglich wäre, nicht zu einem Happy End, zu einem modernen Happy End zu gelangen. Laut Computerprogramm müsste also das Date, was ich haben würde, perfekt sein. In allen Belangen. Gute Gesprächsthemen, das Gegenüber attraktiv finden, die sexuelle Vorlieben teilen, wobei ich fast schon vermutete, dass genau dies der Punkt werden würde, der schwierig war, in Einklang zu bringen. Ich hatte das Wort ›Keine‹ in das Feld geschrieben. Offen für alles … konnte man auch so übersetzen. Den Fauxpas von gestern stempelte ich unter der Rubrik ›Fehltritt‹ ab. Einen Fehltritt gab es immer und überall. Wenn von drei Dates zwei akzeptabel waren, hätten wir eine Erfolgschance von immerhin siebenundsiebzig Prozent. Damit konnte ich leben.

Ich zog noch einmal den V-Ausschnitt nach oben, weil der H versuchte, meine Brüste hinauszuschubsen, ließ Muschi ins Freie, dann machte ich mich auf den Weg zum Restaurant Tellergeist. Ein Blick auf die Uhr in meinem Auto verriet schon, dass ich bei diesem Date ganz bestimmt zu spät kam, was nicht allzu schlecht war, so konnte mein Date Jürgen schon mal einen Blick aufs Ganze werfen.

Ich versuchte meine Beine zusammenzupressen, auch, wenn das nicht unbedingt sexy aussah, aber die etwas kühlere Abendluft zog enorm und ich würde mich morgen oder übermorgen nicht wundern, wenn ich mir doch eine Blasenentzündung zugezogen hätte. Fakt war, noch nie zuvor hatte ich so viel Geld für so wenig Stoff ausgegeben. Den H mit eingeschlossen. Ich sah Jürgen, den ich ja schon auf einem Bild gesehen hatte, bereits, als ich die Tür vom Tellergeist öffnete. Er hob sofort die Hand und winkte mir zu.

Und wieder hatte ich einen Film vor meinem inneren Auge: ein Mann. Ein richtiger Mann. Groß wie ein Berg. Eine Latzhose an, dessen eine Seite runter hing. Geölte Muskeln. Kräftige Hände, die mich mühelos hochhoben, und mich in die romantische Berghütte fernab der Zivilisation trugen. Er legt mich auf das Bett, entkleidet mich …

Innerlich machte sich eine enorme Anspannung in mir breit. Sprach er Hochdeutsch?

Als ich am Tisch angekommen war, stand er auf und reichte mir die Hand.

»Schön, dass Sie da sind. Großartig, wie schnell das mit der Agentur funktionierte. Ich bin erst seit einer Woche angemeldet. Also ich bin der Jürgen.«

Ein einwandfreies Deutsch … danke, lieber Gott.

»Ja, also ich bin Anna.« Aufgrund der Tatsache, dass ich doch sehr nervös war, aber nicht den Eindruck vermitteln wollte, unterstrich ich meinen Satz, in dem ich mit den Lidern klimperte. Ich hatte mal irgendwo gelesen, dass dies ein untrügliches Zeichen für Aufgeschlossenheit war. Mit der Zunge über die

Oberlippe (nicht die untere!) zu lecken, übrigens auch, aber diese Zugabe sparte ich mir für den Moment auf, wo ein Happy End nicht mehr weit entfernt sein konnte.

Jürgen kam um den Tisch herum und zog mir den Stuhl ein Stück zurück, sodass ich mich setzen konnte. Ich hatte ein gutes Gefühl. Ein sehr gutes Gefühl. Und er war attraktiv. Ganz ohne Frage. Seine Stimme war tief, was ich bei Männern höllisch interessant fand. Er hatte schöne blaue Augen, ein offenes Lächeln und er machte einen gar nicht dummen Eindruck. Gut, dass er ein absoluter Muskelprotz war, ließ ich mal so stehen. Schließlich konnte man nicht alles haben ... aber die Vorstellung, ein Happy End heute zu haben, erdrückte mich etwas. Im wahrsten Sinne des Wortes.

»Was darf ich Ihnen denn für ein Getränk bestellen?« Jürgen stand immer noch neben mir, während ich saß, darauf achtete, dass der H nicht meine Brüste rausschmiss und versuchte, die Hände elegant auf den Tisch zu legen. Ich lächelte ihn kokett an und blickte verführerisch zu ihm auf. »Ein Wasser, bitte«, hauchte ich. Mein Vorhaben: HAPPY END!!!

»Für die Dame bitte ein Wasser!«

Jürgen lächelte mich an, dann ging er um den Tisch herum, um wieder Platz zu nehmen. Es dauerte gefühlt fünf Minuten, ehe er auf seinem Stuhl saß. Immer wieder hockte er sich hin, stand dann doch wieder auf, versuchte es erneut und verzog schmerzverzerrt das Gesicht, ehe es dann endlich klappte und er zumindest mit einer Pobacke auf dem Stuhl saß.

»Ist Ihnen nicht gut?«, fragte ich.

Jürgen hob die Hand. »Schwierigkeiten mit der Prostata. Keine große Sache. Wissen Sie, wenn man sich Hormone spritzt, damit die Muskeln besser wachsen, passiert das leider oft.«

»Ach.«

»Sehen Sie, die Prostata bei einem Mann ist ja wirklich wichtig. Wegen der Sexualität. Genau genommen müsste sie in etwa der Größe einer Kastanie entsprechen. Meine hat aber die Größe einer Apfelsine. Zudem ist sie sehr hart.«

»Das tut mir leid.« Die Holzhütte klappte wie ein Kartenhaus zusammen, der große Mann sah aus wie eine riesige Prostata und die Bergwelt verwandelte sich in einen Dickdarm.

»Wird bestimmt bald besser. Wissen Sie, Anna, ich war ja heute schon beim Urologen und der hat mir Medikamente verschrieben, die die Prostata schön weichmachen und irgendwann wird sie wohl wieder die Größe einer Kastanie haben.«

»Ach so.«

»Es ist ja toll, was es heute in der Medizin alles gibt. Wissen Sie, der Arzt kann das alles über den Darm erkennen.«

Jürgen machte mit einer Hand ein Loch, den Zeige-finger der anderen Hand führte er in die Öffnung, um zu zeigen, wie der Urologe ihn untersucht hatte.

Wenn man trainierte Augen hat, kann man alles un-scharf einstellen. Meine Augen waren leider nicht trainiert und so musste ich mit ansehen, wie Jürgen den Urologen imitierte und vormachte, was ihm heute widerfahren war. Während des Erzählens ver-lagerte er immer wieder sein Gewicht, da es ihm of-fensichtlich unangenehm war, starr auf einer Pobacke sitzen zu bleiben.

Der Kellner kam mit der Speisekarte. Ich bestellte mir einen Hawaii Toast, da mir nach der Beschrei-bung der Prostatauntersuchung gründlich der Appe-tit vergangen war. Außerdem sagte ich Jürgen, dass ich zur Toilette gehen müsste. Ich brauchte kurz Zeit für mich alleine. Irgendwie lief das Date nicht so, wie es laufen sollte.

Ich setzte mich auf die Toilette, musste tatsächlich pinkeln und legte mir vorsorglich etwas Toilettenpa-pier in mein Höschen, damit das Loch, von dem ich immer noch nicht wusste, warum es überhaupt da war, gestopft und meine Vagina luftdicht verschlos-sen war. Ich ließ mir Zeit beim anschließenden Hän-dewaschen und fragte mich selbst, ob ich wirklich in der Lage war, mit einer Prostata ein Happy End ha-ben zu können. Ich musste. Schließlich ging es um das Unternehmen. Um mein Unternehmen. Und ich konnte erst dann richtig beurteilen, wenn ich ein komplettes Date vollzogen hatte. Und bevor das dritte Date noch schlechter als die Ersten beiden würde, brachte ich das lieber heute Abend über die Bühne. Prostata hin oder her. Energisch nickte ich mir zu, dann verließ ich die Toilette.

Jürgen war damit beschäftigt, einen Schwimmring aufzublasen, als ich mich wieder an den Tisch setzte.

»Dann kann ich besser sitzen«, nuschelte er mit dem Ventil im Mund. Ich nickte nur und zwang mal wieder meine Mundwinkel nach oben. Andere Gäste schien das Geblase von Jürgen, was sich teilweise wirklich fürchterlich anhörte, nicht zu stören. Jeder war in ein Gespräch vertieft oder auf sein Essen konzentriert. Ich kratze mich verlegen am Hals und wartete darauf, dass der Schwimmring endlich die passende Größe hatte und Jürgen mit dem Aufblasen aufhören konnte.

Und endlich war er fertig, verschloss das Ventil, erhob sich kurz und schob ihn unter seinen Hintern. Dann setzte er sich vorsichtig und atmete erleichtert aus.

»Vielleicht hätten wir uns besser nächste Woche treffen sollen. Wenn es Ihnen wieder besser geht«, entfuhr es mir.

Jürgen hob die Hand. »Nein, nein, die vergrößerte Prostata kann bis zu einem halben Jahr so bleiben. Ich habe das ganz oft. Ist wirklich kein Problem. Also, wenn es Sie nicht stört? Ich finde es ganz spannend, was so im Körper eines Menschen passieren kann. Haben Sie denn auch irgendwelche Gebrechen?«

Ich trank ein Schluck vom Wasser und schüttelte dabei den Kopf. »Nein. Eigentlich nicht.«

»Also meine Ex-Freundin hatte des Öfteren mit Hämorrhoiden zu kämpfen. Auch sehr unangenehm. Aber auch da empfiehlt es sich wirklich, einen Arzt aufzusuchen. Die kann man sich wegschneiden lassen. Geht ganz einfach.«

»Ach so.« Ich zog den V-Ausschnitt meines Kleides ein Stück nach oben.

»Im Grunde hat ja jeder Mensch Hämorrhoiden. Auch Sie. Das ist ja nur umgangssprachlich, wenn gesagt wird, jemand hat Hämorrhoiden. Hat jeder!«

»Aha.«

»Also wenn die außen liegend sind, geht es einfacher, sie zu beseitigen. Die befinden sich dann unmittelbar um den Anus.« Wieder formte Jürgen seine Hand, sodass es aussah wie ein Po Loch und zeigte dann genau, wo sich die Hämorrhoiden befinden konnten.

Unser Essen kam, und als ich den Hawaiitoast vor mir stehen hatte, konnte ich mir beim besten Willen die Ananasscheibe nicht mehr als Frucht vorstellen.

Jürgen hatte sich Nudeln bestellt. Viele Nudeln. Er sagte, er müsse Unmengen an Kohlenhydrate zu sich nehmen, damit er seine Muskeln nicht verliere. Ich starrte meinen Toast an und musste mich wirklich zwingen, zu essen, weil Jürgen währenddessen mit dem Thema Darmspiegelung anfing. Das Computerprogramm war schlecht. Es war schlecht. Auf jeden Fall. Auch Jürgen passte laut Programm zu über neunzig Prozent zu mir und ich hatte das Gefühl, er passte kein Stück. Was, also, stimmte mit dem Programm nicht?

Nach dem Essen stand Jürgen auf, um zur Toilette zu gehen. Ich war dankbar. Dankbar dafür, dass er mir nicht etwa erzählte, warum er zur Toilette musste. Ich hob die Hand und winkte dem Kellner zu.

»Könnte ich bitte ein Glas Weißwein bekommen?« Ich bestellte jetzt, denn wenn unser Date aufgelöst war, musste ich den Wein selbst bezahlen. So wurde alles aus dem Fond bezahlt, der durch die Bezahlung derer entstand, die sich in meiner Agentur registrierten.

Jürgen kam zurück. »Möchten Sie auch einen Wein trinken?«, fragte ich höflich.

»Oh nein, danke. Das verträgt sich nicht mit den Weichmachern.«

Innerlich wieder eine Prostata vor Augen.

Jürgen setzte sich, als der Kellner meinen Wein brachte. Ein Geräusch, als würde jemand einen hohen Ton auf einer Klarinette spielen erfüllte das Restaurant. Alle Gäste schauten auf. Ich zuckte irritiert mit den Schultern.

»Das ist menschlich. Kann uns allen mal passieren!«, flüsterte der Kellner mir zu, noch während der Ton anhielt. Einige Gäste schüttelten den Kopf und warfen mir einen vorwurfsvollen Blick zu. *Dachten die jetzt auch, ich hätte …*

Der Kellner ging.

»Ach, jetzt ist mir der Ring geplatzt.« Jürgen erhob sich halb und zog den Schwimmreifen unter seinem Allerwertesten hervor. Ich trank meinen Wein in einem Rutsch aus.

»Ich gehe auch noch mal zur Toilette«, sagte ich, stand auf und ging. Dieses Date war der totale Reinfall.

Als ich auf der Toilette war, schaute ich in den Spiegel. Ich sah gut aus. Ich sah aus, wie eine normale Frau. Nichts Ungewöhnliches. Wieso also, waren meine Dates so schlecht?

Ich zog den V-Ausschnitt etwas höher und nahm mir vor, dieses Prostata-Date zum Ende zu bringen. Ich nickte mir energisch zu, dann kehrte ich zu Jürgen zurück, der bereits aufgestanden war. Ich sah ihn fragend an.

»Liebe Anna, das war ein sehr schöner Abend für mich, aber ich denke nicht, dass ich unser Kennenlernen weiter vertiefen möchte.«

Mir stand der Mund offen. »Wie bitte?«

Ich wollte kein Happy End … jetzt gab der mir einen Korb?

»Ich bin ganz offen zu Ihnen, ich hoffe, das stört Sie nicht?«

»Bitte.«

»Also, es tut mir wirklich leid, aber wenn Damen Toilettenpapier aus dem Kleid guckt, finde ich das wirklich äußerst unattraktiv.«

Ich starrte ihn entsetzt an, ehe meine Synapsen mir eindringlich rieten, mich zu beugen und das Papier schnell zu beseitigen.

Ein Blick zwischen meine Beine reichte und ich entdeckte die luftdicht sichere Abdeckung für meinen Schritt. So schnell ich konnte, zog ich das Toilettenpapier hervor, knüllte es und versteckte es in meiner Faust.

»Und jetzt sieht man alles. Entschuldigen Sie bitte, Anna, aber auf so freizügige Frauen stehe ich einfach überhaupt nicht. Aber ich wünsche Ihnen weiterhin viel Glück!«

Ich sah nach unten. Der H hatte es geschafft. Meine Brüste schauten raus. Hektisch zog ich den V-Ausschnitt nach oben. An einigen Tischen sah man, wie Frauen versuchten ihre Männer davon abzuhalten, mich weiterhin anzustarren. Jürgen, währenddessen, verschwand einfach.

Es war nicht so, dass ich das Gefühl bekam, mich auf den Boden des Restaurants werfen zu müssen und mit den Fäusten die Fliesen zu bearbeiten, aber es war kurz davor. Ich spürte es.

»Für Inkontinenz gibt es Hygieneartikel! Kann sich jeder leisten!«, sagte eine ältere Dame, schätzungsweise jenseits der siebzig, packte ihren noch älteren Partner fest am Arm, und zog ihn an mir vorbei in Richtung Ausgang.

Ich sah zum Kellner. Er formte mit den Fingern ein Herz. »Sie sind toll!«, flüsterte er so laut er konnte und zwinkerte mir zu. Andere Gäste an den Tischen begannen, mit der Faust auf das Holz zu hauen, fast so, wie es Studenten taten, wenn ein Kommilitone etwas Sinnvolles beigetragen hatte.

Ich hob nur die Hand, packte meine Handtasche, zog mal wieder den V-Ausschnitt nach oben und verließ den Tellergeist, ohne mich noch mal umzudrehen. Das zweite Mal hatte mich ein Mann abgelehnt. Was stimmt nicht mit mir?

#zehn

Heulend fuhr ich nach Hause. Ich hatte die Nase voll.
Vielleicht sollte ich einfach jemand anderen bitten,
mein Unternehmen zu prüfen. Jemand Neutrales.
Keiner meiner Mitarbeiter, wobei ja nun alle ohnehin
liiert waren. Also alle, außer Heinz. Jedoch glaubte
ich nicht, dass es so alte Damen in unserem Programm gab, die zu Heinz passten und nach einem
Happy End suchten. Ich würde alleine bleiben. Das
war nun trauriger Fakt. Vielleicht lag es daran, dass
ich nicht gut genug vorbereitet war. Vielleicht sah
man mir an, dass ich das Programm, mein Programm,
nur testen wollte und gar nicht ernsthaft auf Männer-
suche war. Vielleicht war Prostata ein lieber Mensch,
der privat nicht nur von Prostatae sprach. Konnte ja
sein. Und vielleicht vermittelte ich den Männern tatsächlich das Gefühl, Angst vor einem Happy End zu
haben. Ich hatte Angst. Angst, den Anforderungen
nicht gerecht zu werden. Angst, vor irgendwelchen

Praktiken, die ich nicht kannte. Ein Gefühl, wie damals in der 8. Klasse bei einer der vielen Mathearbeiten, die ich voll und ganz schaffte, ständig zu verhauen, machte sich in mir breit. Dieses Gefühl, du stellst dich einer Prüfung und hast gar nicht gut genug gelernt. Und dann, wenn du mittendrin in der Prüfung bist, erwischt es dich eiskalt. Du weißt nichts. Völlige Stille im Hirn. Und der Lehrer bemerkt es natürlich und sieht dich kopfschüttelnd an.

Und wie konnte man nun dieses schlechte Gefühl ins Gegenteil kehren? Bei der kommenden Mathearbeit besser vorbereitet sein. Üben, üben, üben. Immer wieder. Diese einfache Regel übertragen auf ein Happy End würde dann bedeuten: Üben. Nur wie? Mit wem? Und wann?

Mein nächstes Date wäre am Montag. Date Nummer 3: Kai-Uwe Fichtner, 39 Jahre alt, Hobby: Reiten. Das Date, wo ich abermals versuchen würde, es bis zum Happy End zu bringen. Ich musste einfach. Komme, was da wolle. Zumindest konnte ich sagen, es hätte schlimmer kommen können. Nämlich ein Hesse mit Prostata Problemen.

Als ich im Bett lag, grübelte ich die ganze Zeit, wie ich das mit diesem Happy End anstellen sollte. Ich könnte mich im Internet über mögliche Praktiken informieren, insbesondere was das Küssen betraf. Oder mir Literatur zulegen, wobei das schwierig würde, mir blieben ja nur noch zwei Tage. Und unglücklicherweise hatte ich mich für morgen mit Frederic verabredet. Frederic. Er war ein Mann. Etwas eigenartig, aber ein Mann. Und am Telefon hatte er mir bereits seine Hilfe angeboten. Könnte ich ihn um Hilfe bitten, bezüglich eines Happy Ends? Ihn fragen, was Männer mögen? Wie man das so anstellt? Nein. Er würde mir von Pilzen und Kochwäsche erzählen. Und von Vögeln.

Kopfschüttelnd drehte ich mich auf die Seite und schlief kurz darauf ein.

Als ich am nächsten Morgen wach wurde, ob ich es wollte oder nicht, zuerst kam mir der Gedanke an das verpatzte Date vom gestrigen Abend in den Sinn. Was machte ich falsch? Dass ich Jürgen gestern einen Korb gegeben hätte, stand außer Frage. Was, aber, hatte ihn veranlasst, kein Happy End mit mir haben zu wollen? Ich war aufmerksam, hatte mir die ganze Zeit angehört, wie schlecht es seiner Prostata ging, ich sah gut aus, ich hatte ihn kokett angelächelt … es konnte doch nicht ausschließlich an diesem doofen Toilettenpapier aus meinem Höschen gelegen haben. Gut, dass der H mir den Busen letztlich doch noch rausgeschmissen hatte, war sehr peinlich, aber doch kein Grund, mich abzulehnen! Irgendwo musste der Fehler liegen. Und er musste bei mir liegen. Ganz ohne Frage.

Ich stand grübelnd auf, lief in die Küche und machte mir zuerst einen Kaffee. Ich würde den Vormittag mit der Recherche verbringen. Recherche über Happy End – Praktiken, beziehungsweise vielmehr darüber, was Männer wirklich mögen. Und mein nächstes Date am Montag würde ich nicht verhauen. Unter keinen Umständen. Dieses Date war meine allerletzte Chance.

Ich öffnete die Terrassentür, schaute kurz, ob die Luft rein war, und ich nicht etwa im Schlafanzug vom Feldwebel gesehen wurde, und rief flüsternd nach Muschi. Wie könnte es auch anders sein, ließ sich das Vieh mal wieder Zeit. Und noch mal: Wie könnte es auch anders sein …

»Guten Morgen Frau Müller-Steinfurth. Entschuldigen Sie, ich bin gerade erst aufgestanden.« Ich fasste mir entschuldigend an meinen Nachtanzug mit floralem Muster.

»Frau Regens, wir wissen beide, dass Sie nicht gerade erst aufgestanden sind! Guten Morgen!«

Mit diesen Worten ging sie davon.

»Muschi! Kommst du hier hin! Muschi!«

»Guten Morgen, Frau Regens.«

Herr Schumacher nahm kurz seinen Hut ab, nickte mir zu, ehe er dann den Kopf schüttelte, sich währenddessen den Hut wieder aufsetzte und ebenfalls ging.

»Muschi, Muschi, Muschi! Böse Katze. Kommst du hier hin!«

Das Telefon klingelte. Ich huschte schnell durch die Terrassentür, schnappte mir mein Handy und nahm den Anruf entgegen. Frederic.

»Guten Morgen.«

»Guten Morgen, Anna. Sie hatten wohl kein Happy End?«

»Wieso?«

»Sie sind zu Hause.«

»Ja und? Vielleicht liegt Prosta … mein Date in meinem Bett.«

Frederic lachte. Ich fand das Ganze gar nicht zum Lachen. Null.

»Liegt da ein Date in Ihrem Bett?«

»Nein.«

»Sehen Sie!«

Eine kurze Pause entstand. Ich starrte auf meinen Kaffee, der dabei war, kalt zu werden.

»Sie wollten sicherlich fragen, ob es bei unserem Treffen heute bleibt«, sagte ich nach einigen Sekunden.

»Ja. Das wollte ich.«

»Ja, dann.«

»Bleibt es bei unserem Treffen um zwölf Uhr?«

»Gerne. Allerdings muss ich gestehen, dass ich keine Lust habe, heute Laufen zu gehen. Es war so anstrengend, die letzten Tage.«

»Ich könnte auch nur kochen. Also, wenn Sie das wollen.«

»Ja. Das wäre schön. Was würden Sie kochen wollen? Nur Pilze? Oder reicht Ihre Vogelliebe so weit, dass sie diese auch zubereiten?«

Wieder lachte Frederic. Und da ich es tatsächlich geschafft hatte, mal einen Witz vom Stapel zu lassen, lachte ich mit.

»Die Liebe reicht in der Tat so weit. Also, wenn ich Sie überraschen dürfte? In Ihrer Küche?«

Solange Frederic in meiner Küche hantieren würde, hätte ich sogar noch Zeit, die eine oder andere Stellung, die Mann mochte, zu studieren.

»Das wäre schön. Ich würde mich freuen. Also um zwölf in meiner Küche. Bis gleich, Frederic.«

»Ich werde Sie nicht enttäuschen, Anna. Bis gleich.«

Genau zwei Stunden blieben mir noch, dann würde Frederic kommen. Die zwei Stunden nutzte ich dazu, zu baden und die Unterwäsche von gestern, als auch das Kleid, in meinem Schrank ganz weit hinten zu verstecken.

Da Frederic niemals als potenzielles Date infrage käme, weil ich nicht mal glaubte, die vierzig Prozent mit ihm zu überschreiten, zog ich mich ganz normal an. Ohne Schnickschnack. Weite Hose, weites Shirt, bequemer BBH darunter (Doppel B sind jene, die kein Mann sehen will) und Schlappen an den Füßen. Nur meine ohrlangen Haare steckte ich mit Klammern nach hinten.

Er war pünktlich. Auf die Minute genau. Ich hörte den ersten Glockenschlag der Kirche, als es klingelte.

»Hereinspaziert«, entfuhr es mir, als ich die Türe öffnete. Frederic hatte einen Korb bei sich und ich glaubte, es war der gleiche Korb, mit dem ich ihn das erste Mal im Wald gesehen hatte. Den Inhalt des Korbes hatte er mit einem Leinentuch verdeckt.

»Vielen Dank für die Einladung.« Frederic nahm meine Hand und deutete einen Kuss an.

Ich kicherte. »Ein Handkuss? Das ist wirklich eine alte Geste.«

»Eine schöne Geste, die leider in Vergessenheit geraten ist.«

Ich schloss hinter ihm die Tür, während Frederic zielstrebig in die Küche lief.

»Ich freue mich, für Sie kochen zu dürfen. In meinem Kopf spukt immer noch der Fall im Wald rum.«

»Ach, da denke ich gar nicht mehr dran. Nur der blaue Fleck an meiner Hüfte erinnert mich. Soll ich Ihnen zeigen, wo alles ist, oder wollen wir vielleicht erst mal etwas trinken? Kaffee?«

»Sehr gerne.«

Ich ließ den Vollautomaten zwei Kaffee zubereiten, dann setzten wir uns an den Küchentisch.

»Wie lief denn Ihre Arbeit gestern?«, fragte er und trank.

»Schlecht. Sehr schlecht. Deswegen muss ich gleich leider die Zeit nutzen, während Sie kochen, und noch einiges recherchieren.«

»Mein Angebot steht immer noch. Ich helfe Ihnen gerne, wenn ich kann!«

Vielleicht kannte er sich mit Dates und Happy Ends aus. Schließlich war er ein Mann. Zudem auch recht gut aussehend, jedoch nicht der Typ Mann, den ich bevorzugen würde. Wäre er wenigstens blond, käme er meinem favorisierten Typ schon näher. War er aber nicht. Braune Haare, braune Augen und ständig hatte man bei Frederic das Gefühl, er würde auf sein Äußeres keinen großen Wert legen. Ich wagte zu bezweifeln, dass er jemals einen Friseur Laden von innen gesehen hatte. Seine Haare erweckten den Eindruck, von ihm selbst geschnitten zu werden. Einzig seine Körpergröße entsprach in etwa meinen Vorstellungen eines schönen Mannes.

»Ich glaube nicht, dass Sie mir helfen können.« Unbewusst schüttelte ich den Kopf und dachte im Stillen, dass nur ich diejenige war, die mir helfen konnte. Schlicht und ergreifend, indem ich lernte, wie man ein Date mit anschließendem Happy End vollzog. Kurz kam mir tatsächlich der Gedanke, doch Angelika zu fragen. Auch wenn sie lesbisch veranlagt war, hatte sie sicher Ahnung, wie Frau sich am besten verhielt, sodass sie auf Männer unwiderstehlich wirkte. Jedoch würde ich mir alleine mit einer einfachen Frage das

Gelächter all meiner Mitarbeiter einheimsen und darauf hatte ich natürlich keine Lust. Zudem müsste ich dann gestehen, dass ich definitiv den Mund zu voll genommen hatte, als ich Angelika erklärte, dass ich mich richtig gut auskennen würde. Ich kannte mich nicht gut aus. Natürlich hatte ich Sex im Leben gehabt. Natürlich hatte ich Dates gehabt. Aber beides lag gefühlt eine Ewigkeit zurück. Hinzu kam, dass mein Ex mir immer wieder sagte, ich könne überhaupt nicht küssen. Wir hatten es dann einfach gelassen und gar nicht mehr geküsst. Was ich falsch beim Küssen machte, wusste ich nicht.

»Dürfte ich Sie mal etwas fragen?« *Jetzt fing ich schon an wie er.*

»Selbstverständlich.« Frederic sah mich aufmerksam an.

»Kennen Sie sich mit Dates und Happy Ends aus?«

Er trank einen Schluck Kaffee, ließ den Blick kurz nach draußen schweifen, ehe er mir antwortete.

»Sie meinen, ob ich mich mit modernen Happy Ends auskenne?«

Ich nickte.

»Na ja, was heißt auskennen. Vielleicht ein bisschen.«

»Wie lange ist Ihre letzte Beziehung her?« Anhand dieser Frage konnte man sich zumindest etwas ausmalen, ob derjenige noch in der Materie steckte oder nicht.

Frederic sah nach oben und seine Lippen bewegten sich, als würde er zählen.

»11 Monate. Und Ihre?«

Ich lachte verlegen und schüttelte dabei den Kopf. »Zu lange. Das ist eigentlich mein Problem. Ich möchte mein eigenes Programm testen und weiß selbst nicht, wie man das mit einem Date so anstellt. Irgendwie scheine ich nicht unbedingt ein Magnet zu sein. Also für Männer.«

»Natürlich sind Sie ein Magnet. Schauen Sie, ich sitze hier in Ihrer Küche.«

»Ja. Schon. Aber Sie sind ja auch …« Ich zuckte mit den Schultern und wusste gar nicht, wie ich diesen Satz zu einem Ende bringen sollte. »Also, Sie sind …«

»Der Pilzsammler und Vogelliebhaber«, beendete er den Satz.

»Das war jetzt nicht negativ gemeint. Ich finde es toll, wenn man sich für Vögel interessiert.« Ich selbst nahm meiner Stimme das ganz und gar nicht ab. Vögel waren schön, mehr aber auch nicht. So früh am Morgen aufstehen, um den Uhus beim Liebesspiel zuzusehen, wäre niemals meine Vorstellung von einer gelungenen Zeit.

»Und Ihre Frage war jetzt die, wie lange meine letzte Beziehung her ist? Oder wollten Sie noch etwas anderes fragen?«

Jetzt oder nie. »Ja, ich wollte Sie eigentlich etwas anderes fragen.«

»Bitte.«

»Hätten Sie Tipps für mich, wie ich ein gelungenes Date mit Happy End schaffe?«

Ich hatte eigentlich erwartet, Frederic würde lachen. Aber das tat er nicht. Im Gegenteil. Er schaute mich ganz ernst an.

»Theoretisch oder praktisch?«

#elf

»Am liebsten beides. Ich bin so aus der Übung. Ich kann das einfach nicht. Und meine Mitarbeiter lachen schon darüber. Mein Ex-Freund hatte leider die unangenehme Eigenschaft, über unsere Happy Ends zu sprechen. Die denken jetzt, ich sei ein absolutes Mauerblümchen.« Ich sah kurz in meine inzwischen leere Kaffeetasse und biss mir auf die Unterlippe. Dann sah ich Frederic an. »Sie sind der einzige Mann, den ich kenne, der mir dabei helfen könnte.«

Er nickte, presste dabei aber die Lippen zusammen und ich überlegte, ob das ein schlechtes Zeichen war, oder ob er einfach nur nachdachte, wie und was er mir am besten beibringen könnte. Plötzlich sah er auf.

»Wie wäre es, wenn wir gemeinsam kochen, danach essen und dann mit einigen Übungen anfangen?«

Mir fiel ein kleiner Stein vom Herzen, sicherlich auch deswegen, weil ich keine Sekunde lang das Gefühl bekam, von ihm ausgelacht zu werden.

Ich strahlte über das ganze Gesicht. »Einverstanden.«

Frederic klopfte sich auf die Oberschenkel und stand auf. Ich tat es ihm gleich.

Ich kann nicht leugnen, dass das Kochen wirklich schön war, wobei ich nur selten Interesse an Nahrungszubereitung zeigte. Und auch das anschließende Verzehren der gebratenen Pilze, die als Haube für die Hähnchenbrustfilets herhalten mussten, hatte mir gefallen. Vielmehr geschmeckt.

Nach dem Essen machte ich uns beiden einen Latte macchiato und verspürte eine leichte Aufregung, jetzt gleich mit den Übungen zu beginnen.

»Vielleicht erzählen Sie mal, wie das erste Date gelaufen ist«, sagte Frederic, als wir es uns auf der Couch gemütlich gemacht hatten.

»Das Date lief eigentlich ganz gut. Es hatte mich wohl etwas der Dialekt gestört, mit dem der Mann gesprochen hatte.«

»Welcher?«

»Hessisch.«

Frederic lachte. »Hessisch koa isch aa!«

Ich hob gleich beide Hände. »Oh, bitte nicht mehr«, kicherte ich. Kurze Zeit später wurde ich wieder ernst. Ich schaute aus dem Fenster und schüttelte den Kopf. »Er meinte, er würde keine Frauen mögen, die nicht aufgeschlossen sind. Offensichtlich habe ich den Eindruck erweckt, verklemmt zu sein.«

Frederic rieb sich über sein unrasiertes Kinn. »Was hatten Sie denn an?«

»Eine Jeans und ein rotes Poloshirt. Ganz klassisch.«

»Konservativ.«

»Finden Sie?«

Frederic nickte. »Und das zweite Date, gestern Abend?«

Ich kratzte mich verlegen im Nacken. Die Sache mit dem H würde ich verschweigen, genauso wie die Sache mit dem Toilettenpapier in meinem Höschen. »Ich hatte ein schwarzes Kleid an. Es war ziemlich aufreizend. Vielleicht hat Prosta ... Jürgen das abgeschreckt.«

»Aber die Frage wäre, ob Sie diesen Jürgen gut fanden.«

Ich trank einen Schluck Kaffee, ehe ich antwortete. »Nein. Ich fand ihn nicht gut. Ich meine, es ist ja nur ein Job, den ich mache. Zu kontrollieren, ob das Computerprogramm die richtigen Partner findet.«

»Was hat Ihnen denn an diesem Jürgen nicht gefallen?«

Dass er eine vergrößerte Prostata hat...

Ich stöhnte laut und schaute erst wieder nach draußen. »Er hat nur von sich erzählt. Unangenehme Sachen und mir im Anschluss gesagt, er würde keine

Frauen mögen, die aufreizend durch die Gegend laufen.«

»Ihr Problem ist die falsche Wahl der Kleidung, glaube ich. Mit wem treffen Sie sich als Nächstes? Was macht der Herr in seiner Freizeit beispielsweise?«

»Er ist ein Reiter.«

Frederic klatschte in die Hände und stand auf. Ich sah ihn fragend an.

»Wir gehen jetzt zu Ihrem Schrank und ich sage Ihnen, wäre ich ein Reiter, was mir gefallen würde.«

Es war schon irgendwie etwas schräg. Ich kannte Frederic so gut wie gar nicht und jetzt würden wir in mein Schlafzimmer gehen und ein mir fast fremder Mann brachte Vorschläge, was ich zum nächsten Date anziehen könnte. Hinzu kam, dass ich es irgendwie merkwürdig fand, dass er mir gar nicht das Du anbot. Ehe ich es mich versah, standen wir vor meinem großen Schrank und Frederic öffnete ihn.

»So … dann wollen wir mal schauen.«

Er zog zielstrebig eine Jeans aus meinem Schrank und durchsuchte anschließend die Hemden.

»Was ist mit diesem hier? Sind da Gesichter drauf? Ich sehe nicht mehr allzu gut.«

Er hielt ein Hemd in die Höhe, was ich schätzungsweise seit sage und schreibe fünf Jahren unangetastet im Schrank hängen hatte.

»Hufeisen. Da sind Hufeisen drauf. Darf ich fragen, wie alt Sie sind?«

»Dürfen Sie!«

Ich hustete kurz. »Wie alt sind Sie?«

»Vierunddreißig schon. Statistisch gesehen lässt die Sehkraft mit achtundzwanzig Jahren nach.«

»Also ich bin auch vierunddreißig Jahre alt, aber meine Sehkraft funktioniert noch.«

Vierunddreißig Jahre. Genauso alt wie ich. Das Programm würde unter dreißig Prozent ausspucken. Ich war mir sicher.

»Hufeisen? Perfekt. Absolut perfekt. Also, diese Jeans und dieses Hemd. Das Outfit schlechthin, um sich mit einem Reiter zu treffen.«

Er legte die Jeans und das Hemd auf mein Bett, betrachtete noch mal beide Kleidungsstücke und rieb sich dabei übers Kinn. Dann nickte er. »Gut. Dann würde ich sagen, dass wir etwas an ihrer Art feilen.«

»An meiner Art?«, fragte ich erstaunt. »Was stimmt an meiner Art nicht?«

»Kommen Sie, wir setzen uns an den Küchentisch und tun so, als hätten wir ein Date.« Frederic packte mich kurzerhand am Arm und zog mich zur Küche. »Sie, Anna, setzen sich jetzt und ich komme rein und stelle mich Ihnen vor. Wie heißt der Herr, mit dem Sie das nächste Date haben?«

»Kai-Uwe.« Ich setzte mich, während Frederic aus der Küche ging. Dann kam er mit großen Schritten auf mich zu. Ich stand schnell auf. Er hielt mir die Hand entgegen.

»Kai-Uwe. Ich glaube, wir haben heute ein Date.«

Ich lächelte und schüttelte ihm die Hand. »Sie müssen sich vorstellen«, flüsterte er.

»Ähm, ich bin Anna. Anna Regens.«

Frederic schüttelte den Kopf. »Schlecht. Ihren Nachnamen brauchen Sie doch gar nicht zu nennen. Ihr Date hat sich ja auch nur mit dem Vornamen vorgestellt. Also, noch mal.« Frederic verließ erneut die Küche. Ich setzte mich. Dann kam er wieder. Ich stand auf. »Hallo, ich bin Kai-Uwe. Ich glaube, wir beide haben heute ein Date.« Wieder streckte er mir die Hand entgegen.

»Anna. Ich bin Anna.«

Ich kam mir ziemlich bescheuert vor, auch wenn ich versuchte, jeden Tipp von Frederic ernst zu nehmen.

Frederic setzte sich. Und schwieg. Ich auch.

»Sie müssen was sagen!«, flüsterte er.

»Und, Kai-Uwe, Sie reiten gerne?«

»Oh ja, sehr gerne sogar. Und was machen Sie so in Ihrer Freizeit?«

Ich winkte mit gleich beiden Händen und konnte es nicht vermeiden, in lautem Gelächter auszubrechen.

»Entschuldigen Sie, Frederic, aber ich kann so ein Gespräch nicht spielen. Da fehlt mir die Atmosphäre zu. Und man weiß ja auch nicht wirklich, was Kai-Uwe sagen wird. Ich habe gar nicht so Angst vor dem

Gespräch, sondern, dass der Mann kein Interesse an mir hat. Und wenn er Interesse hat, dass ich dann das Happy End versaue.«

Frederic nickte. »Gut, das kann ich verstehen. Sollen wir dann lieber nur das Happy End üben?«

»Wie?«, fragte ich. Man kann sich ja nicht einfach ausziehen und dann wild drauf losvögeln, um zu schauen, was ich beherrsche und was nicht.

»Wir tun einfach so. Ist nur ein Vorschlag. Wenn Sie das nicht möchten, könnten wir auch nur darüber reden. Wie schon erwähnt. Ein bisschen kenne ich mich aus. Aber da gibt es sicher Männer, die ein Happy End weitaus mehr beherrschen als ich.«

Fakt war, ich hatte kaum noch eine andere Möglichkeit. Es bot sich nicht oft ein Mann an, mir bei meiner Unwissenheit zu helfen. Noch dazu bei einer so wichtigen Sache. Und viel Zeit hatte ich auch nicht mehr. Und wenn Frederic schon den Vorschlag brachte, warum nicht?

»Nein. Ich bin einverstanden. Lassen Sie uns üben. Und Sie sagen mir genau, was Männer mögen und was eher nicht so infrage käme.«

»Prima. Dann würde ich sagen, beginnen wir mit dem Küssen. Jeder Mann mag es, geküsst zu werden.«

»Gut, und wo?«

»Vielleicht erst mal im Stehen? Das ist einfacher.«

Ich stand auf, Frederic auch.

»Wieso ist das einfacher?«

»Weil beide Parteien die Möglichkeit haben, zurückzuziehen. Haben Sie vielleicht Mundwasser da?«

»Ja, wieso?«

»Dann ist es für uns beide angenehmer.«

Leuchtete mir ein.

Ich ging vor ins Bad, Frederic folgte mir. Es war schräg, was wir vorhatten. Aber, mir kam zugute, dass niemand Frederic, den Vogelmenschen, kannte. Ergo, konnte kein blödes Geschwätz entstehen und diese schräge Sache hier würde unter uns bleiben. Ich goss uns in beide Zahnputzbecher Mundspülung, dann begannen wir gleichzeitig mit dem Gurgeln und dem anschließenden Ausspucken.

»Wo möchten Sie denn geküsst werden?«, fragte er, nachdem er seinen Mund getrocknet hatte. Ich zuckte mit den Schultern.

»Vielleicht im Wohnzimmer?«

Mein Wohnzimmer war definitiv der Raum, in dem ich mich am wohlsten fühlte.

Frederic klatschte in die Hände. »Gut. Nach Ihnen.«

Wir liefen ins Wohnzimmer. »Ich müsste nur noch wissen, ob sie irgendwelche Angaben bezüglich dessen gemacht haben, was sie gerade in Hinsicht der Sexualität von einem Mann erwarten!«

Ich sah ihn irritiert an und überlegte. Frederic zog die Brauen nach oben. »Verstehen Sie mich bitte nicht falsch, Anna, aber wenn Sie beispielsweise die Angabe gemacht haben, es zu mögen, wenn der Mann sich relativ passiv verhält, wäre das natürlich ein immenser Unterschied gegenüber dem, wenn Sie die Angabe gemacht haben, dass Sie als Frau lieber passiv sind. Verstehen Sie?«

»Ach so. Nein. Also, ja. Ich … nun, ich würde dann die passive Rolle einnehmen.«

»Ah ja. Gut. Ich fange dann mal an und nach dem Kuss besprechen wir, welche Verbesserungen es da geben würde. Einverstanden?«

Ich nickte. Ich war nervös. Ich hatte so lange schon keinen Mann mehr geküsst, davon abgesehen sagte mein Ex, dass ich Küssen überhaupt nicht beherrschen würde.

Vor meinem inneren Auge spielte sich eine Szene ab, wie in einem der schwarz-weiß Filme. Der Mann packt die Frau, dreht sie blitzschnell etwas zur Seite, die Frau neigt den Oberkörper nach hinten und der Mann presst ruckartig seine Lippen auf ihre.

Ich musste lachen.

»Also Sie müssten das schon ernst nehmen.«

»Entschuldigen Sie bitte.« Ich wurde wieder ernst.

»Bereit?«

»Ja.«

Frederic fasste mir mit beiden Händen an die Wangen, dann kam er mit seinem Mund näher. Unsere Lippen berührten sich. Zaghaft. Ich spürte meinen

Herzschlag am ganzen Körper. Jetzt gleich würde das Zungenspiel, was ich nun ganz und gar nicht beherrschte, beginnen. Ich spürte seine Zunge.

»Sie müssten mich da schon hereinlassen«, nuschelte Frederic. Ich öffnete meinen Mund.

»Sie wollen mich ja nicht essen. Nicht so weit öffnen!« Ich nickte und schloss etwas mehr die Lippen. Dann traf seine Zunge auf meine. Ein eigenartiges Gefühl machte sich plötzlich in meinem Magen breit. Frederic hörte mit einem Mal auf und ließ mein Gesicht los.

»Ich glaube, das besprechen wir mal gleich. Erstens, Sie müssen den Mund nicht so weit aufreißen. Zweitens, Ihre Zunge. Ihre Zunge ist zu fest. Sie müssen sich mehr entspannen. Und drittens, wenn Sie die Zunge nach einem bestimmten System bewegen möchten, sollte dies so geschehen, dass Ihr Gegenüber nicht unbedingt das System erkennt. Es wirkt dann zu statisch. Verstehen Sie?«

Ich nickte und sah ihm auf den Mund. Mir hatte es gefallen. Sehr gefallen. Und das Gefühl in meinem Magen, als würden dort mit einem Mal viele Schmetterlinge leben, hatte mir auch gefallen. Was passierte hier?

»Ich sehe Ihnen an, dass Sie Angst haben. Vielleicht wäre es sinnvoll, erst mal Lockerungsübungen zu machen. Sehen Sie?« Meinen Ausdruck im Gesicht, schien er nun offensichtlich falsch verstanden zu haben. Frederic öffnete seinen Mund, schaute nach unten, ließ die Zunge raushängen und schüttelte dann den Kopf. Ich tat es ihm gleich.

»Laffen Fie ruhig einen Ton rauf.« Frederic brummte vor sich hin und nach meiner anfänglichen Stille, ließ ich meinen Stimmbändern freien Lauf. Und es hatte, weshalb auch immer, etwas Befreiendes.

Hoffentlich sah uns keiner.

Nach gefühlten fünf Minuten hörten wir mit den Lockerungsübungen auf. Frederic nickte mir aufmunternd zu. »Also, was machen Sie jetzt?«

»Ich öffne den Mund nicht ganz so weit, entspanne meine Zunge und versuche mein System zu verheimlichen.« Ich schaute ihm wieder auf den Mund.

»Sehr gut, Anna! Dann mal los!«

Wieder umfasste er mein Gesicht mit seinen Händen und kam mit dem Mund näher, bis sich unsere Lippen berührten. Ich war deutlich ruhiger, als beim ersten Mal. Unsere Zungen berührten sich und ich merkte den Unterschied zum ersten Kuss, es war auch für mich angenehmer. Ich schloss die Augen. Und konzentrierte mich. Nach einiger Zeit begann es sogar, dass ich mein System vergaß. Es war schön, ihn zu küssen. Es war schön, einen Schwarm Schmetterlinge im Bauch zu spüren.

Abrupt hörte Frederic auf, ließ mein Gesicht los und tat einen Schritt rückwärts. Er lächelte mich an.

»Ganz wunderbar, Anna. Das war ganz große Klasse! Nur, Sie haben mich ja jetzt gar nicht angefasst! Sie können aber durchaus ihre Hände um die Unterarme Ihres Kusspartners legen, sanft, versteht sich, um zu verdeutlichen, dass es Ihnen gefällt. Also wenn Sie so küssen, ist das ganz wunderbar! Haben Sie sonst noch Fragen?« Ich hätte stundenlang weiter küssen können. Mit Frederic. Es war auf eigenartige Weise vertraut, ihn zu küssen. *Wenn ich mich doof anstellen würde, oder völlig ahnungslos, würde er mich sicher nochmal küssen.*

Jetzt oder nie.

»Also, was würde denn dann der Mann machen, nachdem man geküsst hat? Geht es dann nahtlos weiter oder wie verhält sich das dann? Muss ich dann anfangen?«

»Sie meinen jetzt das eigentliche Happy End?«

Hoffentlich bemerkte er nicht, dass ich das nur machte, um ihn zu küssen oder auch mehr … »Ja.«

»Also den Akt?«

Ich räusperte mich, biss mir auf die Unterlippe, weil das angenehme Kribbeln gar nicht enden wollte, und sah ihn dann an.

»Ja. Ich glaube, da bin ich gar nicht gut drin.«

»Eins vorweg, Anna, zu küssen ist viel schwerer, als den Akt als solchen zu vollziehen. Davor brauchen Sie gar keine Angst zu haben. Wir können das Szenario gerne durchspielen.«

Nur das ewige ›Sie‹ störte unendlich.

»Das … das wäre schön.«

Frederic klatschte wieder in die Hände. »Ich denke, da würde sich Ihr Schlafzimmer am besten eignen, es sei denn, Sie würden sich bei dem Akt auch auf der Couch wohlfühlen.« Der glaubte wirklich, dass ich hinter dem Mond lebte.

»Schlafzimmer wäre für den Anfang vielleicht nicht schlecht.«

»Denke ich auch. Na dann, nach Ihnen.«

Meine Lippen kribbelten immer noch. Kribbelten seine auch? Fand er es schön?

#zwölf

Wir standen im Schlafzimmer. Was passierte jetzt? Sollte ich mich freimachen? Ich verschränkte die Arme vor der Brust und starrte auf mein Bett.

»Wir tun einfach so, als würden wir uns entkleiden. Wenn Sie ja ohnehin die passive Rolle übernehmen, haben Sie damit im Grunde gar nichts zu tun. Der Mann müsste Sie dann entkleiden.«

Ich wollte doch nur noch mal geküsst werden …

»Und wer entkleidet den Mann dann?«

Mir kam der Gedanke, das Spiel mitzuspielen. Getreu dem Motto: Stell dich doof und dir geht`s gut.

»Der Mann selbst. Sie könne da natürlich etwas helfen. Vielleicht den Gürtel öffnen. Eventuell noch den Knopf der Hose. Mehr würde ich als Frau gar nicht machen. Wie verhüten Sie denn?«

»Wie … wie bitte?«

»Verhütung. Sehr wichtig. Vor allem in der heutigen Zeit!«

»Ich weiß nicht. Kondom? Aber da kümmert sich ja der Mann drum, oder?« *Küss mich doch einfach!*

»Das ist so nicht ganz richtig.« Er fuhr sich gleich mit beiden Händen durch die Haare und stöhnte kurz.

»Nerve ich Sie?«, fragte ich vorsichtig.

»Nein. Gar nicht. Also noch mal, in der heutigen Zeit finde ich es sehr wichtig, vorbereitet zu sein. Deshalb empfiehlt es sich, Kondome bei sich zu haben. Das imponiert Männern. Wie man die anzieht, wissen Sie?«

Ich hatte das ein Mal gemacht. Gefühlt vor mehr als einem Jahrzehnt. Ob ich das jetzt noch schaffen würde, wagte ich zu bezweifeln.

»Na ja. Man rollt es ja einfach von oben nach unten.«

Frederic sah sich im Schlafzimmer um. »Ganz so einfach ist das nicht. Haben Sie das noch nie gemacht?«

Ich lachte. »Doch, aber es ist schon so lange her.« Gerade, als ich sagen wollte, dass wir diesen Teil ja einfach überspringen könnten und vielleicht doch nur das Küssen üben sollten, fuhr er ungehindert fort.

»Haben Sie denn noch ein Kondom hier? Meine habe ich jetzt leider nicht dabei.«

Ich überlegte. Ich hatte noch welche. In der Schublade. Alte von Diet ... meinem Ex. Letztlich spürte ich genau, würde ich jetzt nicht mitspielen, er würde mich nicht mehr küssen. Und das wäre schade.

»Ja, ich glaube.« Ich lief um das Bett herum zur Kommode und kramte in der Schublade, bis meine Finger unter unzähligen Taschentuchverpackungen, eine aufspürte, die in etwa der Größe eines verpackten Kondoms entsprach.

»Tatsächlich«, rief ich begeistert und hielt es hoch. »Sehen Sie?«

»Prima. Dann bräuchten wir nur noch etwas ... das ist mir jetzt etwas peinlich.«

»Ach was. Sagen Sie es doch ruhig. Eine Banane?«

»Geht auch.«

»Was hatten Sie denn gedacht?«

»Zucchini?«

»Habe ich auch. Ist vielleicht besser. Ist ja nicht so krumm. Warten Sie, ich hole eine.« Ich fragte mich in diesem Moment, ob die Röte auf meinen Wangen von der peinlichen Stiuation kam oder, weil ich mich zu ihm hingezogen fühlte. Seit dem Kuss im Wohnzimmer.

Ich verließ das Schlafzimmer und schlenderte in die Küche. Ich schnappte mir eine der kleineren Zucchini aus dem Kühlschrank und ging zurück ins Schlafzimmer. Frederic hatte sich auf das Bett gesetzt.

Ich reichte ihm das Gemüse.

»Also«, begann er. »Manche Männer mögen es, wenn Frauen das Kondom anlegen, andere wiederum nicht. Das gilt es, vorher herauszufinden. Sie könnten den Anfang machen, und wenn Ihnen dann der Mann das Kondom abnimmt, wissen Sie, dass er es nicht mag. Gehen wir jetzt mal von der Situation aus, der Mann würde es mögen. Wir wollen ja üben.«

Ich nickte. Frederic stand auf, legte Zucchini und Kondom nebeneinander aufs Bett und kam zu mir.

»Für gewöhnlich entkleiden die meisten Menschen sich während des Küssens. Sollen wir es so handhaben?«

In mir brach ein Feuerwerk aus.

»Einverstanden«, versuchte ich ganz nüchtern zu sagen.

»Gut. Sie passiv, ja?«

Noch während ich Ja sagte, starrte ich auf seine Lippen. Wieder fasste er mein Gesicht in seine Hände und kam mir immer näher. Als sich unsere Lippen trafen, hatte ich kurz das Gefühl, mein Herz würde mir in die Hose rutschen. Aber anstatt seine Zunge zu spüren, bewegte er die Lippen.

»So, ich würde Ihnen jetzt das Oberteil ausziehen, danach direkt mein Hemd aufknöpfen, danach Ihnen den BH ausziehen, dann mich selbst. Sie könnten dann bitte meinen Gürtel öffnen, aber nicht mehr«, nuschelte er mit seinen Lippen auf meinen.

Ich war kurz davor, es tatsächlich zu tun. Ich deutete, während wir uns so nahe waren, an, seinen Gürtel zu öffnen.

»Ich würde Ihre Hose ausziehen und danach meine ... und schwuppdiwupp ist man entkleidet. Unterhose kann man gleich mit herunterziehen, muss man aber nicht. Aber wir tun, als hätte ich Ihnen und mir gleich auch diese Hose heruntergezogen. Und schon ist man nackt. So schnell geht es.«

»Fantastisch«, brachte ich hervor und spürte genau, wie ich rot anlief. »Und jetzt?«

»Als aktiver Mann würde ich Sie jetzt aufs Bett legen.« Frederic packte mich und legte sich mit mir aufs Bett. »Jetzt würden wir weiter küssen ...« *Tu es!!!*
»Vermutlich uns streicheln und dann käme der Teil, wo das mit dem Kondom passieren sollte, um zum eigentlichen Akt zu gelangen. Sollen wir einfach mal durchspielen, wie Sie das Kondom anlegen? Also wenn ich jetzt als Kai-Uwe es befürworten würde, wenn Sie das in die Hand nähmen?«

Ich ertappte mich wieder dabei, wie ich ihm auf den Mund starrte. Würde er mich noch mal küssen? Ich könnte später sagen, dass ich mich darin noch nicht so sicher fühlen würde. Dann könnte es noch mal geschehen. Aus der Übung heraus.

»Ja. Gut.«

»Ich bleibe dann als Mann meistens liegen, es gibt aber auch Männer, die das durchaus gerne im Sitzen erledigen. Soll ich liegen bleiben und Sie hocken sich dann neben mich?«

»Gute Idee.« Ich konnte kaum glauben, was hier gerade passierte.

Frederic griff umständlich nach der Zucchini und dem Kondom. Die Zucchini hielt er sich aufrecht in den Schritt, während er mir das Kondom gab. Ich starrte das Gemüse an.

»Das ist mir jetzt irgendwie peinlich«, entfuhr es mir, ohne von dem grünen Ständer wegsehen zu können.

»Also, ganz wissenschaftlich betrachtet, müssten Sie jetzt das Kondom auspacken, an der Spitze mit Daumen und Zeigefinger festhalten, auf die Spitze der Zucchini, in unserem Fall, setzten und dann mit der anderen Hand nach unten rollen.« *Er glaubte definitiv, dass ich hinter dem Mond lebte ...*

Ich feuchtete kurz meine Lippen an und nickte. Dann riss ich die Verpackung auf und zog das labbrige Etwas hervor. Die Spitze hielt ich fest und setzte das Kondom dann auf das Gemüse. »Und jetzt einfach möglichst gleichmäßig nach unten rollen.«

Ich packte mit der anderen Hand an das Kondom und ließ es, weil ich doch nur geküsst werden wollte, in einer beachtlichen Geschwindigkeit nach unten sausen. Noch ehe ich es ganz heruntergerollt hatte, platzte es oben an der Spitze und flatterte auseinander. Zudem konnte die Zucchini der Kraft nicht standhalten und brach.

»Entschuldigen Sie, aber ich bin so aufgeregt.« Frederic stützte sich auf beiden Unterarmen ab.

»Zeigen Sie mir mal bitte die Verpackung.«

Ich hielt ihm das aufgerissene Plastik hin. Er nahm es und lachte laut. Erstaunt sah ich ihn an.

»Vor drei Jahren abgelaufen. Kein Wunder, dass es sofort gerissen ist.«

»Vor drei Jahren?«, entfuhr es mir.

»Ja. Vor drei Jahren. Sehen Sie?« Auf der Verpackung war ein kleiner Stempel. Und es war tatsächlich abgelaufen.

Dieter und ich hatten zum Schluss kaum noch Happy Ends gehabt. Er hatte selten Lust dazu. Als unsere Beziehung dann zu Ende war, erklärte er mir, dass er keine Happy Ends mehr haben wollte, weil ich so langweilig gewesen sei.

»Ja, also, wissen Sie, Anna, vielleicht sollten Sie die Sache mit dem Kondom lieber ihrem Date überlassen. Ist keine Schande, das nicht zu können. Wirklich. Keine Schande.«

Ich nickte.

»Soll ich Ihnen noch zeigen, wie das Happy End, also im modernen Sinne gesprochen, abläuft?« Ich wartete fast schon darauf, dass Frederic anfing zu lachen, doch er sah mich absolut ernst und fragend an. Weil ich inzwischen regelrecht neugierig darauf war, wie er mir ein Happy End zeigen wollte, nickte ich erneut. »Und das Küssen. Also, wenn wir das auch noch mal vertief … vertiefen könnten?«, platzte es aus mir heraus.

Frederic sah mich sekundenlang mit hochgezogenen Augenbrauen an, ehe er sich aufsetzte.

»Gut. Gehen wir also davon aus, dass wir beide nackt sind und Sie es geschafft haben, das Kondom überzuziehen. Anfangs ist es meist so, dass man ganz gesittet beginnt.«

Frederic packte mich plötzlich unter den Armen und platzierte mich so, dass ich mit dem Kopf auf dem Kissen lag. Dann rutschte er zwischen meine Beine, schob eines meiner mit seinem Knie zur Seite und legte sich vorsichtig auf mich. Mein Mund war leicht geöffnet. Ich hörte das Blut in meinen Ohren rauschen. Ich sah ihm kurz in die Augen, dann auf den Mund. Ein so schöner Mund, der etwas Geheimnisvolles hatte, weil der Dreitage-Bart ihn etwas versteckte. Mein Atem kam stoßweise. Und das war der Moment, in dem ich nur allzu deutlich spürte, dass die Schmetterlinge in meinem Bauch nicht von der Aufregung, den Akt als solchen zu üben, kamen, sondern, weil der Mann, mit dem ich die Szenarien spielte, kein anderer, als der Vogelmensch war.

»Vermutlich wird Ihr Date das hier anfangs machen«, flüsterte er und bewegte sich so, als würden wir mitten im Happy End stecken. Er stützte sich auf seinen Unterarmen ab und kam mir mit seinem Gesicht immer näher. Unsere Lippen berührten sich. Ich spürte seine Zunge. Wie sie begann, meine zu suchen. Und sie fand. Wie sie mit meiner das Tanzen begann. Wie ich die Übungen völlig ausblendete, wie ich kein System mehr hatte, wie meine Zunge ganz entspannt war, weil sie das kannte.

Ich schlang meine Beine um seine Hüften. Ich fuhr ihm mit beiden Händen durch seine wuscheligen braunen Haare. Ich stöhnte in seinen Mund und spürte, wie erregt er war. (Und wünschte, ich wäre nackt. Und er auch.)

Ich fühlte plötzlich seine Hände unter meinem Rücken. Dann drehte er uns um. Ich saß auf ihm. Er zwinkerte mir zu. »Jetzt müssten Sie sich bewegen«, flüsterte er und nickte mir aufmunternd zu. Und ich tat es. Ich bewegte mich langsam auf ihm und stützte mich mit den Händen auf seiner Brust ab. Verschleiert sah ich ihn an. Ich hatte beinahe das Gefühl, das Happy End könnte jederzeit mit einem Happy End enden. Nie zuvor hatte ich einen Mann so intensiv gespürt, obwohl wir angezogen waren. Frederic setzte sich auf, seine Hände lagen auf meinem Hintern. Wir schauten uns beide auf den Mund. Kamen uns immer näher, und als seine Lippen meine trafen, hatte ich kurzzeitig das Gefühl, ein Feuerwerk würde ausbrechen. Erneut küssten wir uns und ich bekam den Eindruck, als sei es noch leidenschaftlicher, als zuvor. Ich griff ihm mit einer Hand in den Nacken und zog ihn noch dichter zu mir. Alles um mich herum verschwamm in rosa und lila Wölkchen. Es gab nur noch ihn und mich. Seine Hände auf meinem Po drückten mich immer wieder zu ihm, dann ließen sie wieder locker. Die Bewegungen wurden schneller. Fester. Intensiver. Unsere Zungen bewegten sich schneller. Ich hörte auch Frederic stöhnen. Und als ich die Augen kurz öffnete, sah ich in seinen das Begehren glitzern.

Eine kleine Art Enttäuschung machte sich in mir breit, als Frederic mich erneut unter den Armen packte, mich von sich herunterhob, sich selbst aufrichtete und sich hinter mich kniete. Er zog mich auf seinen Schoß und drückte mich mit einer Hand nach unten. Ich spürte seine kräftigen Hände, die mich an der Hüfte festhielten und mich immer wieder zu sich zogen. Bei jedem Stoß, den er mit seiner Körpermitte ausübte, entfuhr mir ein lautes Stöhnen. Ich stützte mich auf den Händen ab und ließ den Kopf hängen. Eine Hand ließ meine Hüfte los und streichelte mir über den Rücken. Die sanfte Berührung verursachte einen Schauer, der sich von meiner Kopfhaut über meinen Oberkörper bis hin zu meinen Zehen erstreckte. Ich machte kurz einen Buckel, ehe ich ins Hohlkreuz fiel, den Kopf, so weit es ging, in den Nacken legte, die Augen schloss und laut ausatmete.

Frederic packte mich plötzlich an beiden Schultern fest und zog mich nach hinten, sodass ich verkehrt herum auf ihm saß. Er schlang beide Arme um mich.

Ich legte den Kopf auf seine Schulter und spürte im selben Moment seine weichen Lippen auf der empfindlichen Haut meines Halses. Ich stütze mich mit meinen Händen auf meinen Oberschenkeln ab und bewegte mich weiter. Seine Hände streichelten sacht über meinen Busen. Ein Schauer überfiel mich mit einem Mal, noch viel intensiver, als der zuvor. Mein Stöhnen wurde immer lauter. Meine Bewegungen immer schneller. Frederic hörte ich laut atmen. Als er mir zart ins Ohrläppchen biss und anschließend seine Zunge darüber gleiten ließ, passierte das, was gar nicht hätte passieren dürfen. Der Schauer sammelte sich in meiner Körpermitte, wie gebündelte Energie, wuchs stetig und explodierte mit einem Mal. Und nicht nur das, ich hatte das Gefühl, als erging es Frederic ganz ähnlich. Unser Stöhnen hatte eine Art Gleichklang gefunden, und während ich immer noch damit beschäftigt war, die Explosion auszuhalten, hörte ich Frederic das Wort ›ja‹ unzählige Male rufen.

#dreizehn

Als das Happy End des Happy Endes langsam ver-
ebbte, fiel ich kraftlos nach vorne.

Wir legten uns verschwitzt nebeneinander, starrten
die Decke an und versuchten beide, unseren Puls wieder auf Normalität zu bringen. Dann drehten wir die
Köpfe so, dass wir uns ansahen. Ich lächelte glücklich.
Das war mit Abstand das Seltsamste, was ich gemacht
hatte und doch gefiel es mir so gut.

»Also, ich finde, Anna, das habe Sie ganz prima gemacht. Sie brauchen da keine Angst vor zu haben. Ich
bin mir sicher, Ihr Date wird sehr zufrieden mit Ihnen
sein.«

Ich hielt die Luft an und spürte im selben Moment,
wie sich meine Mundwinkel ruckartig nach unten bewegten. Es war für ihn nur ein Üben gewesen. Nichts
weiter. Seine Lippen kribbelten nicht, er errötete
nicht, keine Schmetterlinge hausten in seinem Bauch.
Nichts. Nur geübt.

Er schaute auf seine Armbanduhr.

»Du meine Güte, schon sechs Uhr. Jetzt muss ich aber wirklich mal nach Hause.« Er schwang sich aus dem Bett.

Sag irgendetwas!

»Mö … mö … chten Sie noch etwas trinken?« Ich setzte mich auf und sah ihn, so glaubte ich, flehend an.

»Ganz lieb von Ihnen, aber das mache ich zu Hause. Ich muss jetzt wirklich. Wissen Sie, ich habe noch eine Verabredung.«

Unentwegt leiteten meine Synapsen den einen Befehl weiter: Schließ deinen Mund! Aber mein Körper schien den Befehl voll und ganz zu verweigern.

Befehlsverweigerung ist in manchen Kulturen ein Verbrechen.

Wackelig stand auch ich auf. Frederic verließ das Schlafzimmer, ich folgte ihm. Ich lehnte am Türrahmen der Küche und beobachtete ihn. Er packte alle Schälchen, die er mitgebracht hatte, die gefüllt mit Pilzen, Fleisch und dergleichen waren, in den Korb.

»Hat Ihnen das gerade im Bett gefallen?« Ich erschreckte vor meiner eigenen Stimme. Geplant, das zu sagen, hatte ich nicht. Sicherlich die Strafe für die Befehlsverweigerung.

Frederic drehte sich zu mir um und lächelte. »Sehr. Wissen Sie, ich helfe immer gerne, wenn ich helfen kann. Ich freue mich, dass ich Ihnen die Angst vor einem Happy End nehmen konnte.« Er sah plötzlich zu

Boden und lachte. Dann hob er Muschi hoch, die ihm um die Beine geschlichen war. Er küsste sie kurz auf den Kopf, dann ließ er sie wieder zu Boden.

»So, dann habe ich alles. Anna, wenn Sie noch Fragen haben, jederzeit!« Er ging an mir vorbei zur Haustür. Er öffnete sie und drehte sich dann zu mir um.

»Darf ich Sie mal in den Arm nehmen?«, fragte er.

Du darfst auch mehr, als mich nur in den Arm nehmen. Reiß mir die Klamotten vom Leib und nimm mich wie und wo du möchtest!

»Bitte.«

Ich schloss die Augen, als mich Frederic an sich drückte und öffnete sie erst wieder als er »Sie schaffen das! Sie müssen nur an sich glauben und lernen, aus sich heraus zu kommen!«, sagte. Dann ließ er mich abrupt los, zwinkerte mir noch einmal zu und ging.

Diese Mischung aus absolutem Zorn und einer unsäglichen Traurigkeit ereilte mich just in dem Moment, in dem sich die Türe schloss. Einige Sekunden lehnte ich an der Wand im Flur und versuchte mein Inneres davon zu überzeugen, keine der beiden Emotionen nach außen zu lassen, doch überlisteten mich die Synapsen, die grausame Informationen weiterleiteten und es fiel mir schwer, wieder die Befehle zu verweigern. Versucht gefasst ging ich durch mein Wohnzimmer, hinein ins Schlafzimmer, und noch ehe ich mich aufs Bett legen konnte, übermannte mich die

Emotion Wut. Ich hüpfte unzählige Male und mit jedem auf dem Boden aufkommen, ließ ich einen martialischen Schrei von mir. Muschi suchte währenddessen das Weite. Ich riss brüllend die Bettdecke herunter, knüllte sie und warf sie mit brachialer Gewalt auf den Fußboden. Dann trampelte ich darauf so lange herum, bis mich meine Kräfte verließen. Ich sprang auf mein Bett. Unter der Wucht, mit der ich den Sprung vollzogen hatte, gab es einen lauten Bums und ich fühlte, wie sich die Matratze um einen halben Meter nach unten verschob. Nachdem ich realisierte, dass mein Bett zusammengekracht war, stand außer Frage, dass dies mein Tag war.

Wie lange ich einfach dalag, wusste ich im Nachhinein nicht mehr. Aber das mehrfache Klingeln weckte mich aus meiner Lethargie. Ich stand umständlich auf, ignorierte, dass meine Matratze auch noch die letzten Zentimeter nach unten rutschte und lief zur Wohnungstür. Frederic? Der mich darum bat, das Date am Montag einfach abzusagen? Der mir zuflüsterte, dass er sich auf eigenartige Weise plötzlich doch nicht nur für Vögel interessierte? Mit einem Ruck öffnete ich die Tür. Polizei. In Begleitung mit dem Feldwebel Frau Müller-Steinfurth.

»Hauptkommissar Blocher. Bitte lassen Sie uns rein!«

Frau Müller-Steinfurth hatte die Arme vor der Brust verschränkt und sah mich grimmig an.

»Was … was passiert hier gerade?«, fragte ich mit unverkennbarem Zittern in der Stimme.

»Das ist ganz normal. Sie sind verwirrt. Bleiben Sie ganz ruhig, wir sind hier, um Ihnen zu helfen.« Der Polizist schubste mich etwas zur Seite und kam in meine Wohnung. Hinter ihm der Feldwebel, dahinter eine Kommissarin, die mich am Arm fasste und besorgt in mein Gesicht schaute. Dann zog sie mich ins Wohnzimmer, drückte mich auf die Couch runter und setzte sich dicht neben mich. »Ihnen passiert nichts mehr. Wir helfen Ihnen. Bleiben Sie ganz ruhig. Aber leider muss ich Ihnen einige Fragen stellen. Wurde Ihnen Gewalt angetan?«

»Nein.«

Die Kommissarin rutschte noch dichter zu mir, was mir fast schon unangenehm war. »Frau Müller-Steinfurth hat uns gerufen, weil aus Ihrer Wohnung Schreie ertönten, anschließend sogar ein Knall und Ihre Nachbarin hatte Sorge, dass der Mann, mit dem Sie heute gesehen wurden, Ihnen Gewalt angetan hat.« Ihr Gesicht war nur wenige Zentimeter von meinem entfernt.

»Der Mann ist doch gar nicht mehr hier. Er … er hat mir nichts getan. Also, ich weiß gar nicht, was jetzt hier gerade passiert!«

Die Kommissarin streichelte mir unentwegt über den Unterarm. »Sie sind in Sicherheit! In absoluter Sicherheit«, flüsterte sie.

Kurz darauf kamen Frau Müller-Steinfurth und Kommissar Blocher ins Wohnzimmer.

»Der Mann ist weg. Ich sage Ihnen jetzt noch mal. Wenn Ihnen Gewalt angetan wird, beschützen wir Sie. Das geht ganz einfach. Der Mann bekommt von uns nicht nur eine Anzeige wegen Körperverletzung, sondern auch noch einen Verweis, dass er sich Ihnen nicht mehr nähern darf. Geht ruckzuck. Ruckzuck geht das!«

Mir stand der Mund offen. Die Kommissarin neben mir stand auf, drückte meine Hand einmal und streichelte mir mit der anderen über die Wange. »Das hat keine Frau verdient. Keine.«

Ich stand ebenfalls auf und schüttelte nur ungläubig mit dem Kopf. Dann ging ich zu Frau Müller-Steinfurth. »Das Bett ist gekracht, weil ich mich zu schnell daraufgelegt habe. Nur deswegen.«

Der Feldwebel kam dicht zu mir.

»Frau Regens! Wir wissen beide, dass es nicht deswegen gekracht ist! Guten Abend!« Mit diesen Worten gingen die Kommissare und Frau Müller-Steinfurth.

Erschöpft lehnte ich mich gegen die geschlossene Wohnungstür. Fazit: Das nächste Mal leise zornig sein.

Nachdem ein heißes Bad mit Lavendelduft mein Gemüt wieder etwas besänftigt hatte, zog ich mir einen bequemen Schlafanzug an und setzte mich an den Computer. Ich wollte etwas ausprobieren, obgleich ich Angst vor der Antwort meines Programmes hatte. Passte Frederic tatsächlich nicht zu mir?

Ich gab alle Informationen über ihn in das Programm ein. Ich wusste, dass er in etwa 1,90 m groß war. Ich wusste, dass er ungefähr (laut Aussehen) fünfundneunzig Kilogramm wiegen musste. Ich wusste, dass er braune Haare hatte, dass er braune Augen hatte, er liebte es in den Wald zu gehen, Pilze zu sammeln und Uhus zu beobachten, zu kochen und Fahrrad zu fahren. Ich wusste, dass er Bauunternehmer war, wobei ich es merkwürdig fand, dass er sich selbst eine offensichtlich lange Auszeit nahm. Nur das Feld ›sexuelle Vorlieben‹ blieb frei. Ich wusste nicht, was er mochte. War er so im Bett, wie er heute war, als er mit mir ein Happy End gespielt hatte? Mochte er es, dominanter zu sein? Fand er es sexy, wenn die Frau sich führen ließ? Oder hatte er das nur gemacht, weil ich sagte, dass meine Angabe jene war, eher die passive Rolle zu übernehmen? Ich schrieb nichts in das Feld. Ich ließ es frei. Das konnte ja nicht so ausschlaggebend sein. Es konnte nicht sein, würde ich da jetzt ›Sadomaso‹ eintragen, dass alleine dies dazu führte, dass wir Null Prozent zusammenpassten. Irgendwie passten wir ja zusammen. Glaubte ich. War die Frage, ob ein Programm das auch so sah. Ich verband sein Profil mit meinem. Jetzt fehlte nur noch eins. Eine kleine Sache, die ich nun tun müsste.

Mein Zeigefinger der rechten Hand ruhte seit geraumer Zeit über der Eingabetaste. Mein Atem kam schneller. Ich versuchte, mich zu beruhigen und blies die Luft zwischen spitzen Lippen raus. Bei drei.

Eins ... zwei ... drei ... gedrückt. Ich schloss die Augen. Ich wollte den kleinen Kreis, in dem sich etwas drehte und damit signalisierte, es arbeitete, nicht sehen. Ich öffnete ein Auge. Es arbeitete immer noch und kurz kam es mir vor, als überlege sich das Programm, ob wir vielleicht doch zusammenpassen könnten. Und wenn es so wäre, so würde ich Frederic das Ergebnis unter die Nase halten! Und das dritte Date? Das würde ich meiner Arbeit zu liebe durchziehen. Ganz und gar. Vielleicht hatte ich ja Glück und dieser besagte Herr, namens Kai-Uwe, würde mich ebenso, wie seine Vorgänger, ablehnen. Dann hätte ich alles für meine Agentur getan, doch leider musste ich dann sagen, dass das Programm auf ganzer Linie versagt hatte. Zumindest bei mir.

Ohne es bewusst gemerkt zu haben, nahm das eine Auge, was ich geöffnet hatte, wahr, dass das Programm seine Arbeit getan hatte. Ich öffnete auch das andere Auge. Mein Blick wanderte nach unten, wo dick in Schwarz die Prozentzahl stand. Unweigerlich schüttelte ich den Kopf und verbarg mein Gesicht hinter meinen Händen. Wir passten nicht zusammen.

Noch nicht einmal annähernd zusammen. Einundfünfzig Prozent. Absolut lächerlich.

Ich stand auf, schlich in die Küche und goss mir ein Glas Wein ein. Ich sollte Frederic vergessen. Vermutlich fühlte ich mich nur deswegen zu ihm hingezogen, weil wir gemeinsam ein Happy End geübt hatten und inzwischen war ich mir nicht einmal mehr sicher, ob er ebenso das Happy End des Happy Endes erreicht hatte. Mich hatte es erreicht. So erreicht, dass ich es mit Sicherheit ein Leben lang nicht mehr vergessen würde. Ebenso, wie ich seinen Kuss ein Leben lang nicht mehr vergessen würde. Es war so ... ich fasste an meine Lippen und musste plötzlich laut lachen. Er übte mit mir, damit ich mit einem anderen Mann ins Bett konnte, ohne zu versagen. Fühlte er nichts? Gar nichts? War es für ihn tatsächlich reines Üben und Beibringen? Und warum war er immer so höflich? Wir hatten ein Happy End gehabt und siezten uns immer noch. Wieso bot er mir nicht das du an?

Ich musste ihn vergessen. So einfach war das. Er hatte mir geholfen, mehr nicht. Er hatte mir eine neue Hose geschenkt, mehr nicht. Er hatte für mich gekocht, um sich selbst besser zu fühlen, weil er Schuld an meinem Sturz im Wald hatte, mehr nicht.

Energisch nahm ich mir die Weinflasche und ging ins Schlafzimmer.

#vierzehn

Den ganzen restlichen Abend, von dem im Grunde nicht mehr viel übrig geblieben war, war ich damit beschäftigt, mein Bett zu reparieren. Nach immerhin zweieinhalb Stunden war es insoweit wieder funktionstüchtig, als dass ich zumindest die nächsten Nächte darin schlafen konnte. Am Montag, noch vor dem Date, nahm ich mir vor, ein neues zu kaufen.

Weit nach Mitternacht schlief ich unruhig ein und mein Vorhaben, um fünf Uhr aufzustehen, die Laufsachen anzuziehen und die Strecke zu joggen, die ich beim ersten Mal gejoggt war, als ich Frederic im Wald gesehen hatte, vertagte ich. Vielleicht würde ich morgen den Mut aufbringen, ihn einfach anzurufen. Es ist doch um einiges leichter, einen Mann anzurufen, den man nicht gut findet. Noch vor drei Tagen hätte ich ihn angerufen. Deshalb, weil er mir da egal war. Aber seit dem Üben am Nachmittag ging mir dieser Mann nicht mehr aus dem Kopf.

Mit leichten Kopfschmerzen wurde ich am nächsten Morgen gegen zehn Uhr wach. Zu verschulden waren die Schmerzen dem Wein, den ich tatsächlich während der Reparatur des Bettes leer getrunken hatte. Verschlafen führte mich mein Weg direkt ins Wohnzimmer, weil dort mein Handy lag. Vielleicht hatte Frederic ja mal geschrieben. Irgendetwas. Vielleicht die Frage, ob wir denn heute zusammen laufen gehen wollten. Doch ein Blick auf das Display verriet schon, dass keiner geschrieben hatte. Nichts. Keine einzige Nachricht. Und so langsam kam mir der Gedanke, dass das Programm recht hatte. Es hatte damit recht, in dem es ausgerechnet hatte, dass wir gar nicht zusammenpassten.

An diesem Tag war mein Vorhaben, Frederic und das Üben des Happy Ends mit anschließendem überraschenden Happy End, aus meinem Kopf zu verbannen. Und so lebte ich diesen Sonntag wie jeden anderen auch. Lange gammeln, Muschi von draußen einsammeln, Fertiggericht in die Mikro schieben, anschließend essen, am Nachmittag Sport treiben und abends einen Krimi im Fernsehen schauen. Als es dann auf dreiundzwanzig Uhr zuging, machte ich mich fertig für die Nacht und versuchte, mich so leicht wie möglich ins Bett zu legen. Frederic hatte nicht angerufen. Schade. Aber gut. Warum sollten mich auch einundfünfzig Prozent anrufen? Einundfünfzig Prozent hatten keinen Grund anzurufen. Das war Fakt.

Leicht gehetzt kam ich am nächsten Morgen zwanzig Minuten zu spät in der Agentur an. Nahezu alle Mitarbeiter waren schon da, wobei man nicht sagen konnte, dass sie arbeiteten, sondern sie schwatzten. Ich grüßte kurz, versuchte das Nichtarbeiten zu ignorieren, ging in die Küche und machte mir einen Kaffee. Brigitte kam natürlich nach.

»Willst du wieder eine Besprechung machen? Dann würde ich alle zusammentrommeln.«

Ich schaute dem braunen Wasser zu, wie es langsam meine Tasse füllte.

»Nein, nein. Nicht nötig. Ich denke, wir können heute auf eine Besprechung verzichten.«

Brigitte kam näher zu mir. »Und? Gibt es schon was Neues über deine Dates zu berichten? Angelika erzählte, dass du ihre Hilfe abgelehnt hättest. Also, wenn du mal Fragen hast, bezüglich eines, du weißt schon was, ich kenne mich da auch aus. Ich bin verheiratet. Und habe zwei Kinder. Du verstehst?«

Ich sah in diesem Moment, wie Brigitte ihren Mann unter sich begrub und er während des Aktes dahinschied, mangels Sauerstoff.

»Vielen Dank, Brigitte, aber ich komme bestens zurecht!«

»War nur ein Angebot. Nichts weiter. Könnte ja sein, dass du dir unsicher bist. Und nicht so genau weißt, wie, du weißt schon was, so läuft.«

Ich nahm kopfschüttelnd meinen Kaffee. »Falls du das ›Rein und raus - Spiel‹ meinst oder ein ›Happy End‹ oder wie ihr das noch so nennt, kenne ich mich sehr gut aus, Brigitte. Das kannst du ruhig auch allen anderen sagen! Und jetzt entschuldige mich bitte, aber ich muss arbeiten!«

Ich verließ die Küche, ignorierte alle geflissentlich, die mir mitleidige Blicke zuwarfen, und knallte die Türe meines Büros hinter mir zu. Dann setzte ich mich und schaltete den Computer an. Während der PC hochfuhr, trank ich meinen Kaffee und verschluckte mich fast, als mein Handy in meiner Tasche laut vibrierte. Umständlich zog ich es hervor und sah, dass Frederic anrief. Ich strich mir schnell ein paar widerspenstige Strähnen zurück, fächerte mir mit der Hand kurz Luft zu, dann nahm ich den Anruf entgegen.

»Anna Regens«, sagte ich ganz nüchtern. *Wenn der glaubte, ich hätte mir seine Nummer nicht nur gemerkt, sondern konnte sie inzwischen auch rückwärts aufsagen, dann hatte er sich gründlich vertan.*

»Hallo, Frederic hier.«

»Wer ist da bitte?« *einundfünfzig Prozent. Lächerlich. Und jetzt rief er auch noch an. Gestern nicht. Nein. Kein einziges Mal. Aber am Montagmorgen!*

»Äh … Frederic. Ich hatte doch bei Ihnen gekocht und wir hatten … etwas geübt.«

»Ach ja, ich erinnere mich. Frederic. Natürlich. Und, wie geht es Ihnen? Noch mal Vögeln zugesehen? Ich … ich meine Vögel gesehen beim vö … Liebesgedöns? Spiel? Also beim Liebesspiel?«

Frederic lachte. »Ja, habe ich tatsächlich. Ich habe Sie heute Morgen im Wald vermisst. Gehen Sie nicht mehr laufen? Ich hoffe, Sie haben kein Trauma davongetragen, als Ihnen die 34 gerissen ist.«

Ich spürte, wie ich rot anlief. Wie ich unsicher wurde. »Nein, nein. Ich habe kein Trauma davongetragen.«

»Und? Wann haben Sie nun Ihr Date?«

»Heute Abend.«

»Hm. Nervös?«

»Etwas. Ich wünschte, Sie wären da.« *Anstelle des Reiters* … es klopfte an meiner Tür. Ungleichmäßig. Wie ein Telegrafenschreiber. Anschließend öffnete sich die Tür und Heinz stand mit einem Schild in der Hand da. Ich versuchte ihm zu vermitteln, dass er schnell wieder gehen sollte, doch er schaute mich nur fragend an.

»Einen Moment bitte, Frederic.« Ich hielt das Handy gegen meine Schulter. »Was ist denn?«

Heinz schaute immer noch fragend. »Was ist denn?«, schrie ich.

»Ich habe das Schild fertig. Die Vorlage für die Hauswand«, schrie Heinz zurück.

»Heinz, ich höre doch gut. Du musst mich nicht anschreien!«

Ich vermutete fast, dass Heinz das nicht gehört hatte, weil er nickend das Schild hochhielt. Gedämpft vernahm ich plötzlich Frederics Stimme. »Soll ich später lieber anrufen?«

»Nein. Nicht nötig. Kleinen Moment noch.« Ich sah mir das Schild nur kurz an. »Heinz, das Grün ist zu grell! Misch etwas gräulich dazu!«

»Mach ich. Bläulich.« Er drehte sich um und wollte gerade mein Büro verlassen.

»Heinz! Heinz! Gräulich, Heinz. Gräulich!«

»Ja, habe ich verstanden.«

»Und dann sagst du der Firma, ich möchte es morgen hängen haben. Heinz. Morgen hängen haben«, schrie ich.

»Morgen hängen haben«, wiederholte Heinz.

»Gut. Geh jetzt bitte!«

»Das habe ich jetzt nicht verstanden.«

Ich biss mir kurz auf die Unterlippe. »Raus!«

Endlich ging Heinz. Ich hielt das Handy wieder an mein Ohr.

»Hallo?«

»Hallo«, sagte Frederic.

»Ich dachte, Sie hätten aufgelegt.«

»Nein, ich bin noch dran. Sagen Sie, Anna, wo haben Sie denn das Date?«

»Im Tellergeist. Da sind immer Tische für meine Agentur reserviert, müssen Sie wissen. Und heute Abend besetze ich mal wieder einen der Tische.«

»Es ist lustig, dass Sie ausgerechnet dort einen Tisch haben. Sie müssen nämlich wissen, dass ich heute Abend tatsächlich auch da bin.«

»Machen Sie das jetzt nur meinetwegen?« Verträumt drehte ich einen Kugelschreiber in der Hand.

»Nein. Das ist dann wohl ein Zufall, wenn man es so möchte.«

»Und mit wem haben Sie ein Date?«

»Mit meiner Ex-Frau.«

»Oh.«

»Ja, das finde ich auch.«

»Na dann wünsche ich Ihnen ebenfalls gutes Gelingen heute Abend.«

»Wissen Sie, Anna, warum ich Sie angerufen habe?«

Ich hustete kurz, um das Kratzen im Hals loszuwerden.

»Nein.«

»Ich wollte Ihnen noch etwas mit auf den Weg geben.«

»Bitte.«

»Ich glaube, Ihr Problem liegt darin, dass sie zu höflich sind.«

Das hatte der jetzt nicht ernsthaft gesagt …

»Zu höflich?«, fragte ich irritiert.

»Sie müssen lernen, Gefühle zuzulassen, rauszulassen. Sie sollten häufiger mal Ihre Meinung sagen. Sie sind zu nett. Verstehen Sie? Sie müssen mal aus sich herauskommen.«

Wer war denn vorgestern nicht aus sich herausgekommen?!

»Vielen Dank für den Tipp, Frederic. Ich werde es beherzigen.«

»Oh, bitte, danken Sie mir nicht. Ich bin immer froh, wenn ich helfen kann. Vielleicht können wir mal wieder laufen gehen?«

»Ja. Können wir mal wieder machen. Ich … ich muss jetzt mal weiter arbeiten. Auf Wiederhören … ich meine, tschüss.«

»Machen Sie es gut, Anna.« Es machte Klick. Ich schmiss mein Handy auf den Schreibtisch, drehte mich in meinem Sessel um und starrte aus dem Fenster. Langsam aber sicher bekam ich tatsächlich den Eindruck, Frederic hatte *nur* mit mir geübt. Ihn hatte das völlig kaltgelassen.

Es klopfte.

»Komm rein, Rüdiger!«

Rüdiger trat ein.

»Anna, Beschwerde auf Leitung zwei. Eine Frau. Kannst du das übernehmen? Isabelle ist ziemlich fertig wegen der ganzen Unstimmigkeiten.«

Ich nickte genervt und konnte ein lautes Stöhnen einfach nicht vermeiden. »Ich übernehme das. Danke, Rüdiger.« Ich wedelte mit der Hand, als Zeichen, er solle mein Büro unverzüglich verlassen.

»Anna, ich wollte dir noch kurz sagen: Wenn Männer mit der Prostata Schwierigkeiten haben, ist unweigerlich auch deren Libido betroffen. Mach dir keinen Kopf. Lag sicher nicht an dir, dass dich Jürgen unattraktiv fand. Nur, dass du Bescheid weißt. Und die Unterwäsche, die du anprobiert hast, war toll. Ich hätte dich gerne darin gesehen.«

»Raus!«

Rüdiger hob kurz die Hand, lächelte mich beinahe schon mitleidig an und verließ dann endlich mein Büro.

Ich atmete einige Male tief ein und wieder aus, dann nahm ich den Hörer in die Hand und nahm den Beschwerdeanruf auf Leitung zwei entgegen.

»Agentur Dating-Line, Anna Regens, was kann ich für Sie tun?«

»Wenn ich«, brüllte eine Dame ins Telefon, »verlange, dass ich ein Date mit einem bestimmten Herrn haben möchte, sind Sie verpflichtet, meinem Wunsch nachzukommen! Ich finde das unerhört, mich einfach mit einem anderen Mann zusammenzusetzen! Und meine Haare sind auch zu kurz! Ich wollte das nicht!«

»Wie ist denn Ihr Name?« Ich rieb mir über die Stirn und schloss genervt die Augen.

»Gerlinde Schweiß!«

»Und ihr Date hat Ihnen nicht gefallen?«

»Gefallen schon, aber wir hatten nicht die gleiche Wellenlänge.«

»Und mit welchem Herrn wollten Sie gerne ein Date haben?«

»Mit Herrn Jürgen Kaminsky.«

Mit Prostata. Oh mein Gott …

»Frau Scheiß …«

»Schweiß!«

»Entschuldigung. Frau Schweiß, unser Programm sucht für Sie die bestmöglichen Dates heraus. Alle über neunzig Prozent da es sonst einfach nicht passt und von vornherein zum Scheitern verurteilt ist. Was wir natürlich nicht wollen, denn Sie sollen sich bei uns bestens aufgehoben fühlen! Sie und Herr Prosta … äh Kaminsky passen gerade mal, kleinen Moment, bitte!«

Ich verband beide Profile miteinander und wartete darauf, dass das Programm die Prozentzahl ausspuckte.

»Ah, da haben wir es. Sie und Herr Kaminsky passen gerade mal zu siebenundfünfzig Prozent zusammen. Das ist viel zu wenig. Das kann nicht funktionieren. Hingegen Ihr Date von letzter Woche mit Herrn Günther Achsel, da hatten Sie eine Übereinstimmung von sage und schreibe neunundneunzig Prozent. Das ist perfekt! Also fast perfekt. Da fehlt ja nur noch ein Prozent.«

»Was wollen Sie jetzt hören? Es passte einfach nicht. Es passte nicht. Und stellen Sie sich mal vor, wie ich heißen würde, wenn ich diesen Herrn auch noch heiraten würde!«

Ich überlegte kurz. Gut, der Name wäre furchtbar. »Na ja, Frau Schweiß, bevor man heiratet, sollte man es vielleicht erst mal mit einem Happy End versuchen. Ich spreche aus Erfahrung.«

»Ich hatte mit Herrn Achsel ein Happy End. Es passte einfach nicht!«

Und wieder kam mir der Gedanke, was ich falsch machte, dass ich mit keinem meiner Dates bisher ein Happy End hatte. Selbst Frau Schweiß hatte eins gehabt.

»Also, ich schaue, was ich da machen kann. Eventuell lässt sich Herr Kaminsky darauf ein. Aber versprechen kann ich da nichts. Wir würden uns dann bei Ihnen melden.«

»Dankeschön. Dann warte ich!«

»Auf Wiederhören Frau Scheiß … Schweiß. Frau Schweiß.«

#fünfzehn

Vor lauter Aufregung über einen neuen Fall, bei dem offensichtlich über neunzig Prozent nicht reichten, hatte ich ganz vergessen, mir ein neues Bett zu bestellen. Die nächsten Stunden war ich damit beschäftigt, mir unterschiedliche Rezensionen durchzulesen und entschied mich letztlich für den gleichen Holzrahmen, den ich jetzt auch hatte. Es wäre einfach zu viel des Guten gewesen, mich jetzt auch noch auf ein neues Bett einzulassen.

Um fünfzehn Uhr verließ ich mein Büro und staunte nicht schlecht, als mir meine Mitarbeiter einen bunten Blumenstrauß überreichten.

»Von der ganzen Belegschaft viel Erfolg für dein drittes Date!« Angelika drückte mir den riesigen Strauß in die Hand, anschließend klatschten alle, danach hielt jeder gleich beide Daumen nach oben. Ich versuchte zu lächeln, was mir schwerfiel, denn ich hatte gar keine Lust, heute Abend einen Mann zu treffen, über den das Computerprogramm sagte, dass er definitiv zu mir passen würde. Weiter bekam ich langsam aber sicher das Gefühl, etwas stimmte mit dem Programm nicht.

Begleitet von Pfiffen und Jubelrufen verließ ich die Agentur und freute mich, zu Hause wenigstens noch etwas Zeit für mich zu haben, bevor ich dann um halb sieben wieder den Weg zum Tellergeist ansteuern musste.

Obwohl ich keine großen Erwartungen an mein drittes Date stellte, hatte ich welche an mich. Ich würde heute Abend auf jeden Fall alles geben. Komme, was wolle. Das war meine letzte Chance, mein Unternehmen auf Herz und Nieren prüfen zu können. Und da die ersten Dates ja in die Hose gegangen waren, blieb nur noch das Heutige. Und dieses Mal war ich vorbereitet! Richtig gut vorbereitet! Es konnte nichts mehr schiefgehen. Auf gar keinen Fall. Frederic hatte mir gesagt, was ich am besten anziehen sollte, was gut ankam bei einem Mann, dessen Hobby es war zu reiten. Sollte es heute Abend wieder zum Scheitern kommen, dann läge es zumindest nicht an meinem Outfit.

Zweifelnd stand ich vor dem großen Spiegel im Schlafzimmer und betrachtete mich. Die Jeans war es durchaus würdig, getragen zu werden, bei der Bluse war ich mir gar nicht sicher. Sie war alt. Der Schnitt war alt. Die Farbe war alt (Sie unterschied sich kaum von der Jeans). Der Blick auf die Uhr allerdings nahm mir die Entscheidung ab, ob ich mich doch noch umziehen sollte. Ich musste mich dringend auf den Weg machen. Ich wollte auf jeden Fall vor Kai-Uwe im Tellergeist sein. Und vielleicht könnte ich dann einen Blick auf Frederic werfen. Auf Frederic und sein Date. Dann wüsste ich zumindest, ob ich wenigstens äußerlich zu ihm passte oder nicht. Wie die Dame wohl aussah?

Ich kam fünfzehn Minuten zu früh in der Stadt an. Ich fand prompt einen Parkplatz in der Nähe des Restaurants. Die Aufregung verschaffte sich Platz in meinem Magen. Wie Frederic wohl aussah?

Mit zitternden Beinen betrat ich den Tellergeist und wurde vom Kellner begrüßt, als seien wir alte Freunde. Er führte mich zum Tisch und flüsterte mir zu, dass alle Tische, die für meine Agentur jeden Montag reserviert waren, besetzt seien. Als Erstes, noch bevor ich nach Frederic Ausschau halten konnte, stach mir Prostata ins Auge. Er saß da, zusammen mit einer Frau, und als diese sich umdrehte, wusste ich anhand des Fotos in ihrem Profil, dass es sich um keine geringere als um Frau Gerlinde Schweiß handelte. Ich nickte Jürgen zu. Dann hatten die knapp über fünfzig Prozent wohl zumindest dafür gereicht, dass es zu einem Date kam. Aber mit Sicherheit würden Jürgen Kaminsky und Gerlinde Schweiß kein Happy End haben.

»Was wollen Sie denn trinken?«, schrie es mit einem Mal durchs ganze Restaurant. Erschrocken drehte ich mich um und noch bevor ich Frederic, der mit einer bezaubernden Dame in einer Ecke einen Tisch belegt hatte, zu winken konnte, sah ich Heinz. Heinz und den Feldwebel. *Ist nicht wahr!*

Frau Müller-Steinfurth drehte sich plötzlich um und erblickte mich. Ihre Miene verdunkelte sich wie auf Knopfdruck. Ich musste hingehen und Guten Abend sagen. Ich musste. Befehl meiner Synapsen: Beine bewegen, laufen, lächeln!

»Guten Abend, Frau Müller-Steinfurth. Wie geht es Ihnen?«

Frau Müller-Steinfurth nickte nur. Aber Heinz, Heinz, der strahlte. Bis über beide Backen.

»Anna, wer hätte das gedacht! Für mich hat der Computer auch jemanden ausgespuckt! Siehst du?«, schrie Heinz.

»Ach, Frau Müller-Steinfurth, das ist aber schön, dass Sie in meiner Agentur registriert sind. Wo Sie doch immer so dagegen waren, nicht wahr?«

Was mich tatsächlich veranlasste, so mit dem Feldwebel zu sprechen, konnte ich nicht sagen. Aber es fühlte sich verdammt gut an. Frau Müller-Steinfurth würdigte mich keines Blickes mehr und Heinz war so in die Tatsache verliebt, überhaupt ein Date zu haben, dass er nur den Feldwebel anhimmelte.

»Viel Spaß, Heinz!« Ich drückte kurz seine Hand.

»Das habe ich jetzt nicht verstanden.«

»Heinz, ich wünsche dir viel Spaß! Viel Spaß, Heinz!«, schrie ich.

»Danke, den habe ich«, schrie Heinz zurück.

Und dann kam der Moment, wo ich nicht drum herumkam, mich etwas zur Seite zu drehen und Frederic zu grüßen. Und er sah gut aus. Sehr gut sogar. Er trug ein weißes Leinenhemd und, soweit ich sehen konnte, eine beigefarbene Jeans. Seine Haare sahen aus wie immer, gefielen mir aber seit dem Üben unheimlich gut und sein Lächeln haute mich fast aus den Schuhen. Genau wie seine Begleitung auch. Ein Rasseweib. Schätzungsweise brasilianische Wurzeln, einen Augenaufschlag, der nicht nur Männer beeindruckte, äußerst geschmackvoll gekleidet, um es zu verkürzen: Perfekt. Ergo: Ich konnte unmöglich seinem bevorzugten Typ entsprechen. Eine bittere Erkenntnis. Aber was will man schon von einundfünfzig Prozent erwarten? Schluss jetzt, ermahnte ich mich innerlich. Denk an die siebenundneunzig Prozent, die jeden Augenblick in den Tellergeist marschieren würden!

Ich kehrte zu meinem Tisch zurück und nahm Platz. Ich setzte mich so, dass ich Frederic sehen konnte. Anders als bei den vorherigen Dates, wo ich grundsätzlich auf der anderen Seite des Tisches gesessen hatte.

Ich zuckte zusammen, als ich eine Hand auf meiner Schulter spürte. Erschrocken drehte ich mich um. Kai-Uwe. Bitte lass ihn Hochdeutsch sprechen, bitte lass seine Prostata die Größe einer Kastanie haben.

Ich stand auf und reichte ihm die Hand. Er zog mich an sich und küsste mich auf beide Wangen.

»Ich bin Kai-Uwe. Wir haben das Date heute, richtig?« Einwandfreies Deutsch.

»Anna. Guten Abend.« Er zog meinen Stuhl etwas zurück, sodass ich mich wieder setzen konnte. Eine höfliche Geste. Sehr höflich. Dann setzte er sich gegenüber von mir. Ganz normal. Schwierigkeiten mit der Prostata schien er also nicht zu haben. Innerlich fiel mir ein kleiner Stein vom Herzen.

»Das ist ziemlich aufregend, was?«, sagte er und lächelte mich offen an. Er war ein schöner Mann und offensichtlich auch wirklich nett. Ich hätte mich sehr gewundert, wenn alle drei Dates beschissen gewesen wären. Schließlich mischte das Programm nur Profile zusammen, die mindestens zu fünfundachtzig Prozent zueinanderpassten.

»Ja, das ist es. Fast wie ein Blind Date.« Heinz hörte man laut lachen und ich meinte, sogar kurz den Feldwebel ebenfalls lachen zu hören.

War ich anfangs mehr damit beschäftigt, mich auf das Geschehen links von mir, zu konzentrieren, weil dort nämlich Frederic mit Miss Brasilia saß, so begann es nach einiger Zeit, dass ich mich mehr und mehr auf

Kai-Uwe konzentrierte. Die Gespräche waren interessant. Wir tauschten uns über alles möglich aus und er wurde mir von Minute zu Minute sympathischer. Eigentlich war alles perfekt. Das Essen war lecker, der Mann, dem ich gegenübersaß, war toll und Frederic war für diese Zeit Geschichte. Einzig, als Jürgen Kaminsky und Gerlinde Schweiß plötzlich kichernd zusammen (!) das Restaurant verließen, schaute ich auf und traute kurz meinen Augen nicht. Das sah nach einem Happy End aus. Eindeutig. Und als dann auch noch Heinz und der Feldwebel aufstanden und ich sehen musste, ob ich wollte oder nicht, dass Heinz Frau Müller-Steinfurth an den Allerwertesten fasste, war mir kurzzeitig danach, in Ohnmacht fallen zu wollen. Auch Heinz verließ mit seinem Date den Tellergeist. Nur Frederic saß immer noch mit Miss Brasilia da und unterhielt sich angeregt.

Kai-Uwe räusperte sich plötzlich. Ich schaute ihn fragend an. Er strich mit dem Zeigefinger über meinen Handrücken. »Anna, dürfte ich Ihnen mein Reiterstübchen zeigen?«

Ich starrte auf den Zeigefinger, dann in sein Gesicht. »Wie bitte?«

»Mein … Reiterstübchen. Ich habe ein Reiterstübchen. Vielleicht wollen Sie das sehen?«

Ich spürte es. Das hieß übersetzt: Wollen Sie mit mir ein Happy End haben? Endlich. Also konnte ich nicht so schlecht sein. Schade nur, dass Heinz jetzt nicht mehr sehen konnte, dass ich gemeinsam mit meinem Date das Restaurant verlassen würde. Nur Frederic würde dessen gewahr. Und der, der interessierte mich jetzt nicht mehr. Und wenn er jetzt versuchen würde, mich aufzuhalten, sich vor mich hinknien und mir sagen würde, er hätte sich durch die Übung in mich verliebt … interessierte mich nicht mehr. Selbst wenn er durch das Restaurant springen und schreien würde, er wolle ein Leben lang nur noch mit mir üben. Null. Kein Gefühl in mir. Nichts. Einundfünfzig Prozent? Lächerlich.

Ich ergriff Kai-Uwes Hand und lächelte ihn an. »Sehr gerne, Kai-Uwe, sehr gerne würde ich Ihr Reiterstübchen sehen.« Ich legte kurz den Kopf etwas zur Seite und spitzte für den Bruchteil einer Sekunde die Lippen. Zugegeben, diese Geste war aus einer Liebesschnulze geklaut, kam aber, so hoffte ich jedenfalls, gut an. Wenn man dann auch noch im Anschluss an die gespitzten Lippen die Zunge rasant über die Oberlippe sausen ließ, schmolz jeder Mann dahin.

Kai-Uwe spitzte ebenfalls kurz die Lippen und nickte mir dabei zu. Damit hatte ich nun nicht gerechnet. Ich wiederholte meine Geste, dies führte aber dazu, dass Kai-Uwe seine Geste auch wiederholte. Bevor es zur Endlosschleife würde, beendete ich das Gestenspiel. Fakt war, ich hatte ein Date und würde ein anschließendes Happy End erleben.

»Sollen wir?«

Ich warf einen kurzen Blick zu Frederic, der wie durch Zufall just in dem Moment auch zu mir schaute, dann sah ich Kai-Uwe an und stand auf. Er tat es mir gleich.

»Na dann lassen Sie uns gehen.« Kai-Uwe ergriff meine Hand. Alle Gäste im Restaurant jubelten plötzlich, der Kellner stellte Schnapsgläser auf ein Tablett und brüllte: »Einen Schnaps auf Kosten des Hauses.« Die Menge klatschte. Ich versuchte beschwichtigende Gesten zu machen, doch kein Gast hörte auf, zu klatschen und zu pfeifen. Offensichtlich schien jeder Gast darauf gewartet zu haben, dass ich endlich ein Happy End bekommen würde. Peinlich berührt sah ich noch einmal zu Frederic. Er nickte mir lächelnd zu. Traurig lächelnd. So sah er aus. Vermutlich aber auch nur deswegen, weil ich mir solch einen Blick wünschte.

Begleitet von dem Jubeln der Gäste, verließen wir den Tellergeist. Frederic hatte mich also nicht aufgehalten. Gut so. Ich hätte mich auch nicht aufhalten lassen. Auch dann nicht, wenn er jetzt hinter mir herlief und unzählige rote Heliumballons steigen lassen würde. Nein. Auch dann nicht.

#sechszehn

Ich fuhr mit meinem Auto hinter Kai-Uwe her, weil ich mir die Entscheidung offen lassen wollte, wann ich nach Hause fahre.

Sein eigener Reitstall lag zwei Orte weiter und ich muss gestehen, dass ich mit Pferden gar nichts anfangen kann. Aber mit Kai-Uwe. Er würde mein Happy End werden. Ganz bestimmt. Und morgen würde ich alle drei Dates, die ich gehabt hatte, auswerten und dann das Programm überarbeiten. Und Frederic, der konnte mir gestohlen bleiben. Er hatte mir geholfen. Mehr nicht. Und wenn er mit flatternden Fahnen meine Agentur stürmen und sich auf einen der Schreibtische stellen würde, um zu verkünden, dass er außer mir keine andere Frau mehr in seinem Leben haben wollte, auch das würde mich völlig kaltlassen. Ende. Mein Happy End fuhr zwei Autos vor mir, in einem nagelneuen Audi Q8, dunkelblau und war ein gut aussehender Reiter. Ein netter Mann. Lieber Pferde als Uhus und Pilze. Und wenn Frederic allen

Ernstes gedacht hatte, ich würde zum Tisch stürmen, Miss Brasilia zur Seite schubsen und mich mit halb geöffnetem Mund auf ihn stürzen, dann hatte er sich gründlich getäuscht.

Ich fuhr hinter Kai-Uwe in eine Art Innenhof und unweigerlich stach mir der Geruch von Pferdemist in die Nase. Hoffentlich taugte das Reiterstübchen überhaupt für ein Happy End. Ich parkte direkt neben ihm, und als ich ausstieg, hörte ich Pferde Heu kauen.

»Herzlich willkommen in meinem Reich.« Kai-Uwe kam zu mir und hielt mir die Hand entgegen. Gleichzeitig öffnete er die oberen beiden Knöpfe seines Hemdes. Das Happy End begann. Ich spürte es. Auch ich knöpfte mein Hemd um einen weiteren Knopf auf.

»Ich bin schon ganz gespannt, wie ihr Reiterstübchen aussieht.« Obwohl ich es nicht veranlasst hatte, spitzten sich meine Lippen wie automatisiert. Seine auch, begleitet von einem wollüstigen Blick. Wieder nahm er mich an die Hand und lief mit mir zielstrebig zu einem Eingang des Hauses, das unmittelbar an die Stallungen grenzte. Er schloss die Tür auf. Mein Puls schnellte in die Höhe.

»So, fühlen Sie sich wie zu Hause«, sagte Kai-Uwe, schaltete das Licht an, legte seine Hand auf meinen unteren Rücken und schob mich sanft in den großen Raum. Das Erste, das mir ins Auge stach, war die Couch. Kein Bett. Nur eine Couch. Ein Zweisitzer

(Zweisitzer hatte ich nicht geübt und Schwups war das Gefühl einer Mathearbeit wieder da).

In der Mitte des Raumes stand ein riesiger alter Holzschreibtisch. Darauf befanden sich viele Bilder, die Kai-Uwe auf verschiedenen Pferden zeigten. Auf manchen hielt er Trophäen in der Hand, auf manchen schaute er sehr ernst. Wenn ich mir die Bilder so ansah, schaute er eigentlich auf allen Fotos ernst.

Auch die Wände des circa vierzig Quadratmeter großen Raumes waren, wenn nicht mit Regalen, mit Bildern bestückt. Ich versuchte Interesse zu zeigen, in dem ich mir für jede Fotografie Zeit nahm, um sie anzuschauen.

»Sie sind wohl ein recht erfolgreicher Reiter, nicht wahr?«

»In der Züchtung viel erfolgsgekrönter.« Kai-Uwe stand dicht hinter mir. Ich spürte seinen Atem in meinem Nacken. Jetzt würde es gleich passieren und dachte ich vor dem Date, ich sei hervorragend vorbereitet, so machte sich nun enorme Unsicherheit wegen des Zweisitzers in mir breit.

Er packte mich plötzlich von hinten und drehte mich um. »Sie sind heute Abend meine Stute!« Und dann passierte es. Der Filmkuss: Kai-Uwe drückte meinen Oberkörper nach hinten, mit dem anderen Arm hielt er mich fest, dann presste er seinen Mund auf meinen. Die Möglichkeit, so wie Frederic es mir gezeigt hatte, den Mund ein Stück zu öffnen, blieb mir nicht. Auch nicht, die Zunge in seinen Mund zu strecken und möglichst ohne System entspannt kreisen zu lassen. Ich öffnete die Augen. Nichts passierte. Kai-Uwe presste weiterhin seine Lippen auf meine und hielt die Augen geschlossen. Mein Rücken begann wehzutun. Und irgendwie, ich weiß nicht, woher das Gefühl kam, fühlte ich mich in dieser Situation gar nicht gut. Endlich ließ er von mir ab und schaute mich außer Atem an. »Sie kleine Stute, Sie.«

Ich lächelte unsicher. »Stute?« Irgendetwas schien er massiv, misszuverstehen.

»Und jetzt reiten wir eine schöne Dressur«, flüsterte er und spitzte wieder seine Lippen. Er führte mich zum Schreibtisch und ich überlegte, wie ich das Happy End abwenden könnte. Irgendwie schienen wir nicht auf der gleichen Wellenlänge zu sein.

Ein schnalzendes Geräusch zerschnitt die kurz andauernde Stille, gleichzeitig breitete sich ein brennender Schmerz auf meinem Allerwertesten aus. Erschrocken drehte ich mich um. Kai-Uwe hatte eine Gerte in der Hand und grinste mich lüstern an.

»Ha … ha … haben Sie mich gerade gehauen?«

»Wenn Sie buckeln, gibt's eins hinten drauf!« Kai-Uwe lachte, was sich eher nach einem lauten Wiehern anhörte und versuchte, mich auf den Schreibtisch zu drücken. Und wieder ein schnalzendes Geräusch. Ich zuckte zusammen. »Ich darf wohl sehr bitten!«, entfuhr es mir laut.

»Eins hinten drauf!«, wiederholte er. Ich befreite mich, drehte mich zu ihm um und strich meine Bluse glatt.

»Also, ich habe gerade leicht das Gefühl, Sie verstehen etwas miss!«

»Eins hinten drauf!«

Ich wich erschrocken zur Seite und streckte beide Hände aus, um ihn zu besänftigen. »Kai-Uwe, Schluss damit!« Zumindest war ich so viel zur Seite gewichen, dass mich etwas der Schreibtisch schützte.

»Eins hinten drauf!« Und wieder erwischte er mich mit der Gerte. Außer Atem lief ich weiter um den Schreibtisch und blieb erst stehen, als Kai-Uwe stoppte.

»Kai-Uwe! Aus!«

Er täuschte an, nach links zu laufen, dann nach rechts. Ich stand unschlüssig da und folgte mit den Augen jeder seiner Bewegungen.

»Kai-Uwe!«

»Sie sind ja so störrisch. Dann gibt's was hinten drauf!« Er rannte auf mich zu. Ich versuchte, vor ihm zu flüchten. Und wieder erwischte er mich mit der Gerte. Ich hüpfte nach vorne und zog meinen Hintern ein. »Kai-Uwe Fichtner! Sitz!« Ich überlegte in diesem Moment, ob es von Vorteil wäre, eine Art Pferdesprache an den Tag zu legen. Doch ich war so sehr damit beschäftigt, um den Schreibtisch zu laufen, dass es mir schlicht die Kraft nahm, überhaupt noch irgendetwas zu sagen und seltsamerweise wuchs die Wut auf Frederic in mir, obwohl er ja nun für dieses Date gar nichts konnte. »Hoooo. Brrrrr.« Es half nichts. Kai-Uwe schien das immer mehr anzustacheln. Ich hatte nur noch eine Möglichkeit. Die Tür zu erreichen, auf mein Auto zuzulaufen, einzusteigen, den Motor anzulassen und so schnell wie möglich wegzufahren.

»Eins hinten drauf!«

Kai-Uwe stürmte mit erhobener Gerte auf mich zu. Allgegenwärtig schubste ich den großen Schreibtischsessel in seine Richtung, raste, ohne mich noch einmal umzudrehen auf die Tür zu, riss sie auf und rannte zum Auto. So schnell ich konnte, setzte ich mich hinter das Steuer, ließ den Motor an und fuhr los, noch ehe ich mich angeschnallt hatte. Im Rückspiegel sah ich Kai-Uwe, der tatsächlich den Versuch startete, hinter meinem Auto herzurennen. Ich gab Gas. Mein Ziel klar vor Augen: Tellergeist. Warum es so war, wusste ich nicht, aber ich hatte mit einem Mal das Bedürfnis, Frederic alles zu sagen, was mir auf der Seele brannte. Und obwohl wir uns ja kaum kannten, war es enorm viel, was mir auf der Seele brannte. Und einige Dinge, die ich ihm sagen würde, wären nicht nett! Ich hatte das Gefühl, mich von einigen Sachen befreien zu müssen. Ob es nun an dem dritten verpatzten Date lag oder generell daran, dass Frederic offensichtlich nur mit mir üben wollte und nicht mehr, wusste ich nicht.

Nur fünf Minuten später kam ich beim Tellergeist an. Ich parkte unmittelbar davor. Versucht beherrscht, und ich war es nicht, stieg ich aus, atmete einige Male tief ein und wieder aus, lief zum Eingang und betrat das Restaurant. Alle Blicke der Anwesenden waren auf mich gerichtet. Ich ging zielstrebig zu jenem Kellner, der uns zuvor bedient hatte.

»So früh hatte ich jetzt gar nicht mit Ihnen gerechnet«, sagte er, noch ehe ich etwas sagen konnte, knickte seine Hüfte ein und stemmte seinen Handrücken in die Taille.

»Ja. Ein anderes Thema. Der Herr, der hinten in der Ecke saß, ist der noch da? Vielleicht nur zur Toilette gegangen oder so?«

»Der Herr, der da an diesem Tisch saß?« Er zeigte in die Ecke.

»Ja.«

»Der, der mit einer Frau da verabredet war?«

»Ja, ja.«

»Mit der Frau, die südamerikanische Wurzeln hatte, rassig aussah und deren Oberteil den perfekt geformten Busen so schön zur Geltung brachte?«

Ich vergrub mein Gesicht kurz hinter meinen Händen und schüttelte innerlich unentwegt den Kopf.

Dann sah ich den Kellner ausdruckslos an und nickte. »Ja. Genau den Mann meine ich.«

»Der ist gegangen.« Enttäuschung machte sich in mir breit.

»Ist er alleine gegangen?«

»Nein. Er hat mit der rassigen Schönheit unser Restaurant verlassen.« Ich sah nickend zu Boden und hoffte sehr, in diesem Moment nicht in Tränen auszubrechen, aber genau danach stand mir der Sinn. »Sah nach einem Happy End aus«, flüsterte er mir ins Ohr. Ich hob die Hand und ging.

Als ich in meine Straße fuhr, sah ich beim Feldwebel Licht brennen. Sicher war Heinz bei ihr. Sicher hatten sie ein Happy End. Noch diese Nacht. Mit über siebzig.

Kopfschüttelnd, wie eigentlich die ganze Zeit schon, parkte ich und stellte den Motor aus. Eine Weile blieb ich einfach sitzen und lehnte meine Stirn gegen das Lenkrad. Das heutige Date war mit Abstand das Schlimmste. Es hatte vielversprechend begonnen und war in einer absoluten Katastrophe geendet. Am bittersten empfand ich die Tatsache, dass nicht Kai-Uwe das schlechte Gefühl in mir ausgelöst hatte, sondern Frederic und Miss Brasilia.

Es begann zu regnen. Immer kräftiger und erst, als ich Hagelkörner auf dem Dach meines Autos prasseln hörte, sagte ich mir selbst, endlich auszusteigen und ins Haus zu gehen.

Mit meiner Handtasche über dem Kopf kam ich relativ trocken bis zur Haustür. Neben dem Regen und den Hagelkörnern hörte ich deutlich Heinz lachen. Die hatten jetzt ein Happy End. Und Prostata und Gerlinde hatten auch eins. Und Frederic und Miss Brasilia? Die hatten auch eins. Nur ich nicht. Drei Dates, drei Mal beschissen. Welches Geheimnis hatten die anderen, dass es bei ihnen funktionierte? War ich zu wählerisch?

#siebzehn

An diesem Abend verzichtete die Katze meines Ex-Freundes darauf, die Nacht draußen zu verbringen und die eine oder andere Maus zu jagen. Muschi schaute kurz raus, bekam einige Regentropfen ab und lief maunzend unter das Sofa.

Ich öffnete eine Flasche Wein und setzte mich an den Tisch in der Küche. Auf ein Glas verzichtete ich, trank direkt aus der Flasche und musste mich selbst zwingen, nicht unentwegt mit dem Kopf zu schütteln. Diese Bewegung begann wehzutun. Zu oft hatte ich in letzter Zeit den Kopf geschüttelt. Letztendlich, und das wusste ich, blieb mir nur eines: morgen in der Agentur alle Dates, die ein anschließendes Happy End hatten, zu überprüfen. Herauszufinden, welche Übereinstimmungen es geben musste, damit es funktionierte. Langsam aber sicher kam mir der Gedanke, dass es bei über neunzig Prozent nur selten funktionierte. Frederic und ich passten laut Programm gerade mal einundfünfzig Prozent zusammen. Und

Prostata und Gerlinde? War da nicht auch eine Zahl mit fünf am Anfang? Das würde bedeuten, dass zwei Menschen, die nahezu laut Computer perfekt zusammenpassten, im wahren Leben nicht die große Liebe fanden. Und sollte das nicht das Ziel sein? Die wahre Liebe?

Mein Kopf führte automatisch die Bewegung des Schüttelns aus und ebenso automatisch trank ich den Wein aus der Flasche.

Nachdem ich immerhin die Hälfte getrunken hatte, machte ich mich fürs Bett fertig. Und noch bevor mich die Müdigkeit wieder übermannte, stellte ich mein Handy so ein, dass es mich um fünf Uhr wecken sollte. Ich wollte joggen gehen. Mit Unterhose und weinroter Leggins.

Ich musste gestehen, obwohl die Unterhose dermaßen bescheuert aussah, dass sie tatsächlich fürs Joggen hervorragend geeignet war. Man spürte sie kaum, nichts scheuerte auf der Haut und sie passte sich allen Bewegungen nahezu perfekt an. Und auch die bordeauxroten Leggins, Größe 38 bis 40, war ideal. Fast schon glücklich lief ich los.

Als ich mich der Stelle näherte, wo ich Frederic das erste Mal begegnet war, wurde ich langsamer. Immer wieder sah ich mich um, entdeckte sogar einige Pilze und hörte einen Uhu, doch von Frederic war nichts zu sehen. Ich blieb stehen und verschnaufte. Wieder hörte ich den Uhu rufen und kurz kam es mir so vor, als würde der Vogel ebenfalls auf Frederic warten. Ich ging weiter, atmete tief ein und wieder aus und schloss kurz die Augen. Natürlich würde ich nicht auf Frederic treffen. Warum sollte er ein Happy End haben und dann morgens früh die Schönheit im Bett alleine lassen, um den Uhus zuzuhören?

Ein Knacken und Schnaufen ließ mich die Augen schnell öffnen. Ich schluckte. Vor mir stand eine Horde Wildschweine. Allen voran Papa Wildschwein, dessen Familie, bestehend aus einer Sau und schätzungsweise sechs Halbstarken, sich hinter ihm aufhielt. Ohne den Kopf zu bewegen, sah ich nach links, dann nach rechts, dann wieder in die Augen des Ebers. Selbst diese Sau hatte ein Date mit offensichtlich erfolgreichem Happy End gehabt. Und ich hätte schwören können, wäre es möglich, Eigenschaften der Sau und des Ebers in ein Programm zu geben, dass die auch nur knapp über fünfzig Prozent hätten. Erneut drehte ich meine Augen nach links. Mitten im Wald stand ein Hochsitz. Würde ich es schaffen, den zu erreichen, ohne vorher gefressen zu werden, hätte ich genügend Schutz. Soviel ich wusste, konnten Wildschweine nicht klettern. Vielleicht konnte man sie aber auch erschrecken. Mit irgendeinem Geräusch. Fakt war, in diesem Moment, in dem mich schätzungsweise acht Augenpaare anstarrten, waren meine Beine kurz davor, mich nicht mehr tragen zu wollen.

»Gsch ...!«, machte ich leise, traute mich aber nicht, die dazu passende Handbewegung zu machen. Der Eber und seine Frau starrten mich weiterhin an, während die Halbstarken den Waldboden umpflügten.

»Gschschsch ...«, mit minimaler Handbewegung. Nichts. Weiteres Anstarren.

»Gsch ... Gschschschsch ...«, mit deutlicher Handbewegung. Nichts.

»Gsch ... Gschschschschsch ... Gsch ... Gsch!« Mit beiden Händen. Und das war offensichtlich zu viel des Guten. Eber-Papa galoppierte auf mich zu. So schnell ich konnte, hechtete ich in den Wald, den Hochsitz genau vor Augen. Ein brennender Schmerz am Oberschenkel hinten brachte mich beinahe zum Straucheln. Ich biss die Zähne zusammen, streckte meine Arme aus und erreichte endlich die Leiter, die hinauf zum Sitz führte. Gleich drei Sprossen auf einmal nehmend kletterte ich nach oben, zog mich das letzte Stück hoch, mehr als das ich wirklich kletterte, und blieb einige Minuten reglos auf dem Boden des Hochsitzes liegen. Die Schweine hörte ich unterhalb von mir grunzen. Mein Oberschenkel brannte wie Feuer, und als ich vorsichtig mit der Hand über die schmerzende Stelle wischte, spürte ich nicht nur, dass auch diese Leggins an einer recht ungünstigen Stelle gerissen war, sondern auch das Blut, was sich klebrig auf meinen Fingerspitzen verteilte. Der Eber musste mich mit einem seiner Hauer erwischt haben. Und obwohl ich diese Tatsache furchterregend fand, dachte ich mir, dass ich wirklich Schwein gehabt hatte. Im wahrsten Sinne des Wortes. Ich setzte mich langsam auf und schaute durch die Öffnung des Hochsitzes nach unten. Immer noch war die Schweinefamilie da und ich spürte genau, dass mich Eber-Papa misstrauisch begutachtete und wahrscheinlich darauf hoffte, der Hochsitz würde in die Knie gehen, damit er mich fressen konnte. Würde dies geschehen, sah ich genau die Todesanzeige in der Zeitung: Anna R. aus L. wurde am Dienstagmorgen von einem Eber-Papa gefressen. Sie starb einsam, ohne ein Happy End gehabt zu haben.

Wie viel Zeit vergangen war, wusste ich nicht, aber ich bekam Angst. Was, wenn die Horde es sich zur Aufgabe gemacht hatte, darauf zu warten, dass ich herunterkam? Spätestens, wenn ich nicht bis neun in meiner Agentur antanzen würde, würde man mich suchen lassen. Heinz hatte es sogar mal gebracht, um halb neun bei der Polizei anzurufen und eine Vermisstenanzeige, die glücklicherweise sofort fallen gelassen wurde, aufzugeben.

Ich lehnte mich gegen die Holzwand, winkelte etwas die Beine an, damit ich nicht mit der Wunde auf den Boden kam, und schloss die Augen. Und wieder schüttelte ich automatisch den Kopf, begleitet von den Grunzgeräuschen, eine Etage tiefer.

Nach einiger Zeit fing ich an, zu singen. Es gab mir das Gefühl, nicht alleine zu sein, was ich ja auch nicht war, denn immerhin war die Horde so nett und leistete mir Gesellschaft.

Nach dem Lied ›Heidi‹, entschied ich mich die alten Klassiker neu aufzulegen. Im Angebot: ›Ein Männlein steht im Walde‹ oder auch: ›Auf einem Baum ein Kuckuck saß‹. Die Halbstarken grunzten im Takt dazu. Zuerst dachte ich, das Hallo, das ich hörte, wäre Teil meines Liedes, ehe es mich wie ein Blitz traf. Ein Mensch war im Walde. Augenblicklich hörte ich auf zu singen.

»Hallo? Ich bin hier oben.«

Als Nächstes hörte ich ein lautes »Gschschsch« und ein in die Hände klatschen, danach ein mehrfaches Grunzen und Geraschel, das immer leiser wurde. Ich warf einen vorsichtigen Blick durch die Luke. Die Schweine waren weg und unten an der Leiter stand Frederic. Wir sahen uns beide Sekunden lang an. Ich erleichtert, Frederic total erstaunt.

»Was machen Sie hier, Anna?«

Mein Kinn begann zu zittern.

»Die Wildschweine haben mich überrascht.«

Er kam langsam die Leiter hoch. »Warum haben Sie die nicht verscheucht?«

Diese Frage führte dazu, dass ich tatsächlich einen leichten Anflug von Wut empfand.

»Ich habe versucht, die Schweine zu verscheuchen! Sie haben nicht auf mich gehört!«

Frederic war oben und quetschte sich umständlich in den Hochsitz. »Sind Sie verletzt?«

Und wieder bekam Frederic mit, dass meine Hose gerissen war. Allerdings war es dieses Mal nun wirklich nicht mein Verschulden, sondern das des Eber-Papas.

»Etwas.«

»Wo?«

»Oberschenkel.«

»Sieht aber alles ganz gut aus.« Frederic fasste mir gleich an beide Beine und drückte darauf rum.

»Hinten, okay?«

Er zog die Brauen nach oben. »Wie ist das passiert?«

»Diese dumme Sau hat mich erwischt! Wie sonst sollte es passiert sein?« Ich zog die Nase hoch und drückte Frederic zur Seite. »Ich muss jetzt gehen. Ich muss schließlich arbeiten!« Fakt war, ich musste definitiv zuerst die Leiter nach unten stiefeln. Wie gigantisch der Riss in meiner Hose tatsächlich war, wusste ich nicht. Ich wollte aber unter keinen Umständen, dass Frederic nach dem Abgang wusste, wie groß er war.

»Gehen Sie langsam nach unten. Ich schau mir das mal an.«

Ich lachte abwertend. »Brauchen Sie nicht. Ich komme alleine zurecht. Kümmern Sie sich lieber um ihr Date!«

Frederic stieg ebenfalls herunter. Und ich konnte nicht leugnen, eine Art der Erleichterung zu empfinden, allein deswegen, wieder festen Boden unter den Füßen zu haben.

»Was hat mein Date damit zu tun?«

Ich klopfte mir einige wenige Tannennadeln von der Hose. »Was machen Sie überhaupt hier? Sie hatten doch schließlich ein Happy End, oder? Selbst der Kellner aus dem Tellergeist wusste Bescheid!« Frederic versuchte, näher an mich heranzutreten, um die Wunde begutachten zu können. Ich drehte mich allerdings mit ihm, weil ich nicht wollte, dass er mich von hinten sah.

»Du meine Güte, jetzt bleiben Sie doch mal stehen!« Er packte mich kurzerhand fest am Arm und drehte mich um. »Ha! Sie tragen doch die Unterhose! Wusste ich doch. Ist sehr angenehm zum Laufen, oder?« *Riss. Groß. Na toll.*

»Wollten Sie jetzt schauen, ob ich eine Unterhose trage?«

»Nein. Aber man kommt nicht drum herum, zu sehen, dass Sie eine tragen. Legen Sie sich mal auf den Bauch!«

»Wie bitte?«

»Der Eber hat Sie ganz schön erwischt. Sie haben einen richtig tiefen Kratzer am Oberschenkel.«

»Das verheilt wieder. Ich gehe jetzt.«

»Wildschweine haben in ihrem Speichel Bakterien, mit denen der Mensch nur schlecht zurechtkommt. Legen Sie sich mal hin.«

Ich stöhnte kurz auf und tat ihm den Gefallen.

»Ich desinfiziere das mal lieber. Sind Sie gegen Tetanus geimpft?«

»Ich weiß nicht.« *Womit wollte er die Wunde desinfizieren? Sicherlich mit irgendwelchen Pflanzen ...*

Es irritierte mich etwas, als ich das Geräusch eines sich öffnenden Reißverschlusses vernahm. Ich drehte mich halb zur Seite und schaute erschrocken unweigerlich wieder weg.

»Ha ... habe ich das gesehen, was ich denke, was ich gesehen habe?« Es wurde warm an meinem Oberschenkel, kurz danach folgte ein beißender Schmerz.

»Ich weiß nicht, was Sie gesehen haben.«

Ich riss die Augen auf. »Sie haben mich jetzt nicht angepinkelt, oder?« Ich starrte auf eine Wurzel und spürte deutlich, wie mir sämtliche Gesichtszüge mit einem Mal abhandenkamen.

»Kleinen Moment, ich schüttele kurz ab.«

Synapsen Weiterleitung: Aufstehen und ihm eine knallen!

Ich stand umständlich auf und sah gerade noch, wie er seinen Reißverschluss wieder nach oben zog.

Meine Hand zuckte. Mein Puls beschleunigte sich. Befehlsverweigerung.

»Urin desinfiziert. Ich habe nur die Erstversorgung geleistet. Aber Sie sollten wirklich lieber einen Arzt aufsuchen und sich eine Tetanusspritze geben lassen.«

»Ich gehe jetzt erst nach Hause und dusche mich! Gehen Sie mal lieber zu Ihrem Date, anstatt mich hier anzupinkeln!«

Ich marschierte los. Frederic folgte mir.

»Was haben Sie denn immer mit meinem Date? Das war doch nur meine Ex-Frau.«

Ich lachte kurz und sarkastisch. »Ihre Ex-Frau. Ist klar. Und Ex deswegen, weil Sie sie mit Pilzen und Uhus betrogen haben?«

»Nein. Weil ich sie damit eben nicht betrogen habe.«

Ich hob die Hand. »Wissen Sie, Frederic, es interessiert mich eigentlich nicht, was Sie nun wieder damit meinen. Gehen Sie einfach Ihren Weg und ich gehe meinen. Was wollten Sie denn im Wald?«

Frederic hatte, obwohl seine Beine deutlich länger waren als meine, arge Schwierigkeiten, mit mir Schritt zu halten. »Nun, ich hoffte, Sie hier zu treffen.«

»Ist Ihnen ja gelungen.« *Warum wollte er mich treffen?*

»Wollen Sie gar nicht wissen, warum ich Sie treffen wollte?«

»Nein. Möchte ich nicht.« *Doch, möchte ich.*

»Warum habe ich das Gefühl, Sie sind böse auf mich?«

»Ich bin gar nicht böse. Ich will einfach nur meine Ruhe haben.«

»Vielleicht schaffen Sie es ja mal irgendwann ganz frei herauszusagen, was Ihnen missfällt. Das wäre für Sie wichtiger zu üben, als den Akt als solchen.«

Ich blieb abrupt stehen. »Hören Sie, Frederic. Ich bin Ihnen wirklich sehr dankbar, dass Sie mir gezeigt haben, wie ein Happy End so abläuft, auch, wenn ich nicht hinter dem Mond lebe und selbstverständlich weiß, wie man Beischlaf bewältigt! Trotzdem, das war sehr nett von Ihnen. Und es war auch sehr nett, mich von den Wildschweinen zu befreien. Das Anpinkeln vergesse ich mal. Sie haben mir geholfen, mehr nicht. Lassen Sie uns einfach unserer Wege gehen und gut ist.«

Er hob gleich beide Hände in die Luft. »Wie Sie es möchten, Anna. Kein Problem. Ich möchte Sie trotzdem noch bis zu Ihrer Haustür begleiten. Ob Sie es nun wollen oder nicht.«

Ich lief weiter. »Tun Sie, was Sie nicht lassen können.«

Den Rest des Weges, sprachen wir nicht mehr. Wir liefen einfach schweigend nebeneinanderher.

#achtzehn

»So, da wären wir. Vielen Dank, Frederic, dass Sie mich begleitet haben.« Ich blieb vor meiner Tür stehen und zog umständlich den kleinen Schlüssel, den ich immer bei mir trug aus der Brusttasche meines Shirts. Meine Wut, die im Wald enorm gewachsen war, nachdem Frederic mich angepinkelt hatte, war verebbt.

»Sie sind sicher, dass ich nichts mehr für Sie tun kann?« Er grinste nicht, als er das sagte. Überhaupt machte er den Eindruck, als störe ihn etwas, sodass er den immerwährend freundlichen Ausdruck im Gesicht verloren hatte.

»Nein, nein. Ich komme zurecht. Ich … es tut mir leid, aber ich muss mich jetzt wirklich beeilen.«

Er strich sich mit der Hand durch die Haare, nickte dabei und sah zu Boden. Dann plötzlich hob er den Kopf und schaute mich ernst an. »Was wäre … ich meine, ich weiß natürlich, dass Sie es wahrscheinlich längst überprüft haben und wissen, dass wir ganz und gar nicht zusammenpassen, aber was wäre, wenn wir mal ein Date hätten?«

Ich sah ihn reichlich irritiert an, öffnete ein paar Mal den Mund, schloss ihn wieder, ehe ich es endlich schaffte zu sprechen. »Sie meinen, joggen gehen, kochen oder dergleichen?«

»Also, ich dachte, wir könnten vielleicht auch mal essen gehen oder so. Im … im Tellergeist. Es sei denn, also wenn es Ihnen woanders lieber wäre?«

Ein Date mit einundfünfzig Prozent … na ja …

»Ja. Warum nicht. Könnten wir durchaus mal machen.«

Er nickte, die Hände hatte er in die Hosentaschen gesteckt. Es war nahezu gleichzeitig, dass wir den Mund öffneten und etwas sagen wollten.

»Bitte! Was wollten Sie sagen?«, fragte er.

»Ich hatte nur überlegt, ob wir nicht gleich einen Termin ausmachen sollten. Also heute Abend ginge es noch bei mir.« Frederic schüttelte sofort den Kopf.

»Tut mir leid. Heute Abend habe ich schon ein Date. Im Tellergeist. Um achtzehn Uhr.«

Mir klappte der Mund auf. Sekundenlang starrte ich ihn an. Dann schüttelte ich mit dem Kopf, grinste dabei und schloss meine Tür auf.

»Sie können sich ja melden, wenn Sie, lieber Frederic, noch einen Termin freihaben. Meine Nummer haben Sie ja.«

Ich wartete nicht mehr ab, ob er daraufhin noch etwas erwidern wollte, sondern schloss sofort meine Tür. Mit einem Knödel im Hals, der es durchaus zum Knödel des Jahres bringen konnte, lief ich ins Badezimmer und anstatt mich zu entkleiden, um dann duschen zu gehen, lief ich zwischen Waschbecken und Dusche an die dreißig Mal hin und her. (Sind allerdings auch nur 1,75 Meter Abstand.)

Was bildete sich dieser Typ ein? Er hatte gestern ein Date, dann hatte er heute ein Date und mich würde er dann nächste Woche dazwischen schieben? Und das mit einundfünfzig Prozent? Ich hasste es, aber mir blieb nichts anderes übrig, als den Knödel platzen zu lassen. Das war es dann mit Knödel des Jahres. Verloren.

Ich sah mir einige Zeit selbst beim Heulen zu, das der Spiegel über dem Waschbecken wirklich hervorragend zur Geltung brachte, ehe ich es schaffte, mich auszuziehen und unter die Dusche zu stellen. Die Wunde am hinteren Oberschenkel brannte fast genauso stark, wie im Wald, als Frederic mich angepinkelt hatte. Ich biss die Zähne zusammen und seifte die Stelle ein, und obwohl ich doch irgendwie einen leichten Zeitdruck verspürte, genoss ich es sehr, unter der Dusche zu stehen.

Nachdem ich mich abgetrocknet und die Eber-Verletzung mittels meines Kosmetikspiegels angeschaut und für gar nicht so schlimm erachtet hatte, als dass es nötig gewesen wäre, zum Arzt zu gehen, geschweige denn mir darauf zu pinkeln, versteckte ich die Wunde unter einem Pflaster und zog mich an. Erst dann machte ich mich auf die Suche nach meinem Handy und fand es schließlich. Ich schaute auf das Display. Dreiundzwanzig Anrufe in Abwesenheit:

Rüdiger

Rüdiger

Rüdiger

Brigitte

Angelika

Angelika

Angelika

Angelika

Angelika

Brigitte

Rüdiger

Marvin

Rüdiger

Heinz

Heinz

Heinz

Heinz

Heinz

Heinz

Heinz

Heinz

Rüdiger
Angelika

Ich verstaute das Handy stöhnend wieder in meiner Handtasche, warf noch einmal einen prüfenden Blick in den Spiegel, das ich mir hätte sparen können, noch immer sah ich deutliche Spuren eines geplatzten Knödels und verließ dann meine Wohnung. Inzwischen hatten wir zehn Uhr. Die Wildschweine hatten mich lange aufgehalten.

Nur zwanzig Minuten später kam ich in der Stadt an, parkte unmittelbar vor meiner Agentur, stieg aus und bemerkte irgendetwas im Augenwinkel, das mich massiv störte. Ich schaute hoch, wie auch die, schätzungsweise, zwanzig Passanten. Über der Fensterfront meiner Agentur hing das neue Schild. Ich rieb mir die Augen und schaute nochmals hoch. Doch das Augenreiben hatte leider nicht den gewünschten Effekt gebracht und das, was ich zuvor gesehen hatte, geändert.

Das riesige Leuchtschild erstrahlte in einem Durchfallgrün, auf dem geschrieben stand:

Bei uns liegen Sie richtig.

Ich bekam Schnappatmung und stütze mich mit den Händen auf beiden Oberschenkeln ab. Hektisch zog ich immer wieder laut die Luft ein, ehe ich sie ruckartig entweichen ließ. Ich spürte eine Hand auf meinem Rücken und drehte den Kopf, ohne mit den lauten Atmungsgeräuschen aufhören zu können.

»Geht es Ihnen gut?«, fragte eine junge Frau. Ich nickte, richtete mich auf und sah stark atmend das Schild an. Die junge Frau folgte meinem Blick. »Oh, machen Sie sich nichts draus. Sie sind nicht die Einzige hier in der Stadt, die sich da heute schon drüber aufgeregt hat. Kam sogar schon im Radio!« Sie klopfte mir freundschaftlich auf den Rücken, dann ging sie.

Ich brachte nur noch ein Wort hervor und ich hörte selbst, wie es sich nach *Gollum* aus dem Film, ›*Herr der Ringe*‹ anhörte. »Heinz! Heinz!«

Ich ging zum Eingang.

»Heinz!«

Ich lief die Treppen nach oben. Den Aufzug zu rufen dauerte mir zu lange.

»Heinz!«

Energisch riss ich die Tür meiner Agentur auf. Ich breitete die Arme aus, schloss die Augen und holte tief Luft.

»Heinz!«, brüllte ich. Alle Mitarbeiter verstummten wie auf Knopfdruck und starrten mich an.

»Heinz!«

Ich sah, dass Angelika Heinz antippte, der mit irgendwelchen Papieren am Kopierer beschäftigt war und in meine Richtung zeigte. Heinz sah auf und kam dann lächelnd auf mich zu.

»Wir haben uns Sorgen gemacht!«, sagte er laut und streichelte mir über den Oberarm.

Ich brachte nur ganze zwei Wörter zustande. »Heinz! Schild!«

Heinz schaute mich fragend an und hielt mir sein Ohr entgegen. Ich wiederholte. »Schild! Heinz!«

»Ja. Schild. Hängt!«

»Heinz! Das Schild ist falsch!«, schrie ich. Einige Mitarbeiter verließen die Agentur, denn offensichtlich hatten sie das Schild noch nicht gesehen.

»Wie meinst du das?«, schrie er fragend zurück.

»Die Farbe. Der Spruch. Falsch, Heinz. Alles falsch!«

»Bei der Farbe habe ich mich auch sehr gewundert. Ich hätte an deiner Stelle nicht bräunlich dazu gemischt. Sieht ja aus wie Durchfall!«

»Heinz! Gräulich! Du solltest gräulich dazu mischen, Heinz! Gräulich!« Meine Stimme wurde nicht nur immer lauter, sondern auch immer höher.

»Gut, das hätte dann anders ausgesehen.«

Ich versteckte mein Gesicht hinter meinen Händen und schüttelte unentwegt den Kopf.

»Ich hab ja gleich gesagt: Rein und wieder raus. Kann man nichts falsch dran verstehen. Rein und wieder raus!« Ich zog meine Hände vom Gesicht und sah Angelika ausdruckslos an.

»Ruf die Firma an, sie mögen bitte das Schild wieder abhängen und ändern, Angelika!«

»In: Rein und wieder raus?«

Ich holte tief Luft. »Nein! Bei uns liegen Sie richtig. Lieben, meine ich. Bei uns *lieben* Sie richtig!«

Jene Mitarbeiter, die zuvor die Agentur verlassen hatten, um sich das Schild anzusehen, kamen wieder rein. Allen voran Rüdiger, der unweigerlich auf mich zusteuerte. Heinz sah entschuldigend drein. »Dick im Geschäft. Da hätte man nichts dran falsch verstehen können. Dick im Geschäft!«

»Also, wenn das, das Motto dieser Agentur ist, bin ich nicht mehr gewillt, hier zu arbeiten! Und auch wenn hier einige denken, ich sei zu alt für gewisse Wörter, weiß ich sehr wohl, was das Wort ›Fick‹ zu bedeuten hat!« Heinz schaute nun nicht mehr entschuldigend, sondern regelrecht wütend drein und ging dann wieder zum Kopierer, den er zuvor versucht hatte, zu reparieren.

»Heinz! Ich sagte dick im Geschäft! Heinz! D … di … dick!«

»So, jetzt reicht es mir!« Brigitte kam wie ein Panzer auf Rüdiger und mich zugerollt, instinktiv duckte ich mich etwas. »Ich möchte, Anna, dass du Rüdiger endlich sagst, er soll mit diesen Diskriminicrungen aufhören! Sonst kündige ich!«

»Ich habe doch nur Heinz verbessert!«, verteidigte sich Rüdiger. Irgendetwas passierte in diesem Augenblick mit mir. Etwas wuchs in mir. Mein Atem ging schneller und ich hatte das Gefühl, Ameisen liefen auf meinen Wangen umher. Es war, als würde sich in mir ein Berg aufbauen. Bevor das Gefühl noch mehr an Intensität zunehmen würde, drehte ich mich einfach um und ging in mein Büro. Kurz, nachdem ich die Tür hinter mir geschlossen hatte, klopfte es leise, aber exakt.

»Komm rein, Marvin!«

Ich schaltete den Computer an und sah auf, als ich hörte, wie die Tür sich öffnete.

»Ich habe eine Frage«, sagte Marvin leise.

»Bitte.« Ich konnte mir schon denken, welche …

»Wie kann es sein, dass Heinz ein Date mit einer einzigen Dame hatte, die der Computer ausgespuckt hat und die nicht einmal annähernd zu ihm passt? Wie kann es weiter sein, dass Heinz das Gefühl hat, noch mal heiraten zu wollen?«

Ich war sprachlos und ließ mich in meinen Schreibtischsessel fallen. Ich sah ihn nur fragend an und zuckte mit den Schultern. Heinz und der Feldwebel? Unfassbar. Ich schluckte kurz, zwang mich zur Ruhe und sah Marvin an. »Bringst du mir bitte einen Kaffee?«

»Mach ich. Nur noch eins. Ich verliere nicht meinen Job, oder? Ich meine, es läuft ja nun nicht gerade gut momentan.«

»Nein. Marvin. Du verlierst nicht deinen Job. Bring mir bitte nur einen Kaffee und ich kann mal nachforschen, was es mit dem Date von Heinz auf sich hat.«

»Die hatten sogar ein Happy End.« Ich schaute Marvin böse an. Der hob sofort beide Hände. »Geht mich ja nichts an.« Dann verließ er mein Büro.

Ich starrte auf den Bildschirm meines Computers. Heinz und Frau Müller-Steinfurth hatten ein Date mit Happy End. Das konnte doch wohl nicht wahr sein.

Ich gab den Namen Heinz Schneider und Elfriede Müller-Steinfurth ein und würde versuchen, nicht auf sexuelle Vorlieben zu achten. Und es gelang mir, als das Programm fertig war und beide Profile plus die dazugehörige Übereinstimmung in Prozent zu sehen waren, diese eine Rubrik zu übersehen. Übereinstimmung: 58 %. Ich hatte mit einem Mal eine merkwürdige Vermutung. Ich rückte näher an meinen Schreibtisch und gab erneut Jürgen Kaminsky und Gerlinde Schweiß ein. Ich drückte Enter, kaute an der Haut meines Daumens und wartete auf das Ergebnis. Und es kam: 57%. Das ist ein Zufall. Das kann nur ein Zufall sein. Ich überlegte. Wen hatten wir noch? Sarah Korn und Matthias Rünger. Das Pärchen, das sich gefunden hatte, obwohl beide mit anderen Bewerbern ein Date hatten. Auch diese Namen gab ich in den

Computer ein und drückte Enter. Ich kaute wieder am Daumen. Und dann kam das Ergebnis. 54%. Ein letzter Versuch. Ich tippte: Anna Regens, Frederic Thomas. Enter. Kauen. 51%.

#neunzehn

Ich lehnte mich in meinem Schreibtischsessel zurück und schüttelte unentwegt mit dem Kopf. Alle Pärchen, bei denen es scheinbar auf Anhieb funktionierte, lagen zwischen fünfzig und sechzig Prozent. Das konnte nicht sein.

Ich zuckte zusammen, als es klopfte und sofort die Tür aufging. Marvin, mit meinem Kaffee.

»Marvin, schick bitte Heinz zu mir.«

»Kündigst du ihm etwa?«

»Nein!«, entfuhr es mir laut. Ich rieb mir über das Gesicht. »Entschuldige, Marvin. Nein. Ich kündige ihm natürlich nicht. Das würde ich gar nicht übers Herz bringen. Ich möchte ihn etwas fragen. Mehr nicht.«

Marvin verließ mit zitterndem Kinn mein Büro. Kurz darauf klopfte es Morsezeichen.

»Komm rein, Heinz!«

Es klopfte wieder.

»Heinz! Du kannst kommen!«, schrie ich.

Die Tür öffnete sich. Heinz trat ein.

»Setz dich, Heinz! Setz dich!«, schrie ich und machte zudem Bewegungen mit der Hand, die auf den Stuhl vor meinem Schreibtisch deuteten. Heinz nahm Platz.

»Heinz! Hattest du mit dem Feldw… mit Frau Müller-Steinfurth ein Happy End? Heinz? Ein Happy End?«

Heinz nickte. »Ja. Happy End. Hatte ich. Hatte ich. Also, es lief folgendermaßen. Wir …«

»Das reicht mir. Heinz. Das reicht mir. Wieso fiel die Wahl auf Frau Müller-Steinfurth, Heinz? Wieso?«

Jedes Mal, wenn ich mit Heinz eine Unterhaltung hatte, taten mir danach die Stimmbänder fürchterlich weh.

»Es gab keine andere für mich!«, schrie Heinz zurück.

»Das Programm hat dir nur Frau Müller-Steinfurth ausgespuckt? Heinz?«

»Das lag am Rotwein. Nicht an mir!«

Ich schüttelte den Kopf und versuchte, noch lauter zu reden.

»Heinz! Du hattest nur die Wahl, Frau Müller-Steinfurth zu nehmen?«

»Ja, die habe ich genommen. Die hab ich richtig genommen!«

»Bist du glücklich mit Frau Müller-Steinfurth, Heinz? Glücklich?«

Heinz antwortete nicht, aber er strahlte und ich musste mir eingestehen, dass ich meinen ältesten Mitarbeiter noch nie zuvor so glücklich erlebt hatte, wie an diesem Tag. Ich lächelte ihn ebenfalls an und versuchte zu vergessen, dass Heinz es geschafft hatte, was das Schild über der Fensterfront betraf, alles falsch gemacht zu haben.

»Danke Heinz. Noch ein Letztes: hast du die Firma wegen des Schildes erreicht?« Ich hatte so laut wie nie zuvor gesprochen, einzig, weil ich mich nicht dauernd wiederholen wollte.

»Habe ich. Kommt morgen!«

»Danke, Heinz, das wäre dann alles.«

»Das habe ich jetzt nicht verstanden.«

»Du kannst dann gehen! Heinz! Raus gehen!«

Heinz nickte, erhob sich und verließ mein Büro.

Was hatte mich abgelenkt, dass das mit dem Schild so schiefgelaufen war? Heinz war doch in meinem Büro gewesen und hatte mir den Entwurf gezeigt! Frederic. Ich hatte mit Frederic telefoniert. Im Grunde hatte er Schuld an diesem Fauxpas. Er hatte mich abgelenkt. Und ganz besonders damit verwirrt, dass ich mich permanent fragte, ob es für ihn tatsächlich nur eine Übung gewesen war oder nicht. Für mich war es kein Üben gewesen. Es war der Höhepunkt meiner sexuellen Karriere. Das muss man sich mal vorstellen. Ein Höhepunkt, vollkommen bekleidet. Wieder spürte ich etwas in mir, das zu wachsen schien, das mein Herz schneller schlagen ließ, das mir das Gefühl verlieh, Ameisen auf meinen Wangen zu spüren. Vielleicht war ich einfach nur müde. Zu viel war in der letzten Zeit geschehen und ich hatte definitiv zu lange gearbeitet. Die Dates waren Arbeit für mich gewesen. Anstrengend war es. Besonders aufreibend war die Tatsache, zweimal abgelehnt worden und einmal beinahe an einen SM-Liebhaber geraten zu sein. Es musste an den über neunzig Prozent gelegen haben. Seltsamerweise war es besser, wenn zwei Menschen eine Übereinstimmung hatten, die zwischen fünfzig und sechzig Prozent lag. Demnach würde ich perfekt zu Frederic passen. Aber der, der traf sich mit anderen Frauen und wollte mit mir nur üben. Bevor die paar Ameisen auf meiner Wange gleich eine ganze Armee rufen würden, stand ich auf und streckte mich. Dann trank ich meinen Kaffee in einem Zuge aus und wollte mir gerade einen neuen holen, als es unerwartet an der Tür klopfte. Und es klopfte so, dass ich es keinem Mitarbeiter zuordnen konnte. Vielleicht Rüdiger, der einfach seinen Takt verloren hatte?

»Herein!«, sagte ich laut. Wie in Zeitlupe wurde die Tür geöffnet, dann erkannte ich nur einen Kopf, der durch den Türspalt gestreckt wurde und sich beinahe zögernd in meinem Büro umsah. Ich kannte den Kopf nicht.

»Kann ich Ihnen helfen?«, fragte ich. Der Mann, um die fünfzig mit lichten, grauen Haaren, öffnete die Tür ganz und kam endlich herein.

»Sind Sie alleine?«, fragte er.

Ich sah mich leicht schmunzelnd im Büro um und nickte nur. Der Mann griff in die Innentasche seines Jacketts und zog einen Ausweis hervor. »Gerd Vollmer mein Name, Aufsichtsbehörde!« Das Zögernde in seinem Gesicht war verschwunden. Nun schaute er recht streng.

»Wie kann ich Ihnen helfen, Herr Vollmer?« *Was wollte die Aufsichtsbehörde von mir?*

»Wir wurden darüber informiert, dass hier, in dieser Agentur, einem fragwürdigen Gewerbe nachgegangen wird.«

Ich war baff und fiel regelrecht in meinen Schreibtischsessel, verpasste es aber nicht, die Geste zu machen, dass sich Herr Vollmer auch gerne setzen durfte. Wollte er aber nun offensichtlich nicht, denn er blieb stehen. Die Hände hielt er auf dem Rücken verschränkt, das den einen Knopf, den er an seinem Jackett geschlossen hatte, fast zum Absprung brachte. Er marschierte durch mein Büro, als wäre er mein Chef. »Ich nehme mal an, Sie sind Frau Anna Regens?«

»Das ist korrekt.« Ich musste mehrfach schlucken, weil es mir enorm schwerfiel, in diesem Moment zu sprechen.

»Würden Sie bitte diesen Schrank öffnen?« Herr Vollmer zeigte auf meinen Aktenschrank. Mit zitternden Beinen stand ich auf und fragte mich, warum mir jemand die Aufsichtsbehörde auf den Hals schickte.

»Warum wollen Sie in meinen Schrank schauen?«

»Ich möchte gerne den Inhalt sehen!« Herr Vollmer wippte auffällig nervös mit den Beinen.

»Das ist mein Aktenschrank!«

Herr Vollmer kam einen Schritt auf mich zu. »Dann frage ich ganz direkt! Ist da ein Mann in Ihrem Schrank?«

»Wie … wie bitte?«

»Bitte! Öffnen!«

Ich rieb mir über die Wangen, um die Ameisenarmee loszuwerden, dann ging ich auf wackeligen Beinen zum Aktenschrank. Ich drehte den Schlüssel um und sah zu Herrn Vollmer, der wie ein Polizist dastand und an seine Hüfte griff, als habe er da eine Waffe. Ich öffnete den Schrank, Herr Vollmer machte einen Satz von einem halben Meter nach hinten, den Körper angespannt, wie zum Sprung bereit. »Mein Akt … Aktenschrank. Nur Akten drin.«

Herr Vollmer zog eine Brille aus seinem Jackett, setzte sie umständlich auf und warf einen prüfenden Blick in den Schrank. Ich kratzte mir inzwischen mit den Nägeln über meine Wangen. »Wie kommen Sie darauf, dass sich ein Mann in meinem Aktenschrank befinden könnte?«, fragte ich, zwar nicht betont selbstbewusst aber mit einer Schärfe in der Stimme, die ich, so gerne ich es gewollt hätte, nicht mehr abstellen konnte.

»Dürfte ich bitte Ihren Gewerbeschein sehen?«

Ich nickte nur und zog jene Akte hervor, in der sich der Gewerbeschein befand. Ich nahm den Schein heraus und hielt ihn zitternd Herrn Vollmer hin.

»Ich weiß ja nicht, was Sie sich denken, aber meine Agentur hilft Menschen, die alleine sind, einen Partner zu finden.«

Herr Vollmer hustete kurz, ehe er mir den Gewerbeschein wieder entgegenhielt. Ich verstaute ihn sofort in der Akte und stellte sie zurück in den Schrank.

»Es gab zwei Hinweise, dass Ihre Agentur nicht nur eine reine Partnervermittlung sei.« Er nahm seine Brille ab, zog ein Tuch aus einer seiner Taschen und putzte die Gläser, nachdem er einige Male darauf gehaucht hatte.

»Dürfte ich die Hinweise dann auch bitte erfahren?« Inzwischen hatte ich das Gefühl, die Ameisen in meinem Gesicht hatten eine Horde Spinnen eingeladen, meine Beine zu besetzen.

Herr Vollmer zog seine Brille wieder auf. »Ihr Leuchtschild oberhalb Ihrer Fensterfront hat sehr viel Aufmerksamkeit auf sich gezogen. Des Weiteren wurde erzählt, dass Sie, Frau Regens, auf der Suche nach Männern für Ihre Agentur sind! Ich frage mich, was Sie mit diesen Männern vorhatten?«

»Wie kommen Sie darauf, ich sei auf der Suche?«

Herr Vollmer nahm Platz. Ich umrundete den Schreibtisch und setzte mich ebenfalls.

»Waren es nicht Sie, die drei Dates innerhalb kürzester Zeit im Tellergeist hatte? Waren es nicht Sie, die mit allen drei Dates versucht hatte, ein, wie sagt man noch gleich? Ein Happy End zu erreichen?«

Empört rutschte ich meinem Schreibtisch näher. »Ich habe mein eigenes Programm getestet! Das wird ja wohl noch erlaubt sein!«

Herr Vollmer strich sich sein lichtes Haar aus der Stirn und beugte sich ebenfalls nach vorne.

»Jetzt sage ich Ihnen mal was, Frau Regens! Mir kam zu Ohren, Sie haben einen Herrn regelrecht bedrängt, mit Ihnen mitzugehen, nachdem Sie im Tellergeist gegessen hatten! Er meinte, Sie seien sehr dominant gewesen!«

Ich griff mir an den Halsausschnitt meines Shirts und zog daran, weil ich plötzlich das Gefühl bekam, vom Ausschnitt erstickt zu werden. »Und wen soll ich bitte bedrängt haben?« Es klopfte Morsezeichen. Herr Vollmer schreckte auf, ebenso wie ich.

»Komm rein, Heinz!«, schrie ich. Herr Vollmer sah mich nur wissentlich an.

Heinz kam in mein Büro, blieb aber nahe der Tür stehen.

»Soll ich das Schild jetzt ändern?«

»Ja, Heinz! Ändern! Rüdiger soll dir helfen, Heinz! Rüdiger!«

»Dann in: Fick im Geschäft?«

Herr Vollmer schnappte nach Luft.

»Nein!«, schrie ich.

»In: Rein und wieder raus?«

»Ich kümmere mich da selbst drum, Heinz! Ich mache das selber! Hast du das verstanden? Ich mache das!« Meine Stimme war viel zu hoch und ich spürte deutlich, wie meine Stimmbänder begannen, zu streiken. Heinz verließ mein Büro.

Herr Vollmer lehnte sich zufrieden zurück. »Das war ja nun eindeutig!«

»Hier ist gar nichts eindeutig! Ich will jetzt von Ihnen wissen, wer sich bedrängt gefühlt hat!«

Herr Vollmer stand auf, dann stütze er sich mit beiden Händen auf meinem Schreibtisch ab und beugte sich weit vor.

»Ich gehe ins Fitnessstudio! Ich habe mit einem Ihrer Dates ein höchst interessantes Gespräch geführt und ich sage Ihnen eins: Ich habe Sie im Visier! Vergessen Sie das nicht. Für den Moment mögen Sie mit Ihrem Gewerbeschein aus dem Schneider sein! Aber verlassen Sie sich drauf, Frau Regens, jeden Schritt, den Sie machen, werde ich verfolgen! Sich Männer zu halten, für die Spielchen Ihrer weiblichen Kunden, das geht zu weit! Da sind Sie an den Falschen geraten! Ich bin bekennender Maskulinist!« Herr Vollmer setzt sich abrupt wieder hin. In meinem Kopf fuhr es Achterbahn. Fitnessstudio. Das konnte nur Prostata gewesen sein.

Jetzt war ich diejenige, die aufstand und sich mit beiden Händen auf der Schreibtischplatte abstützte. »Wenn hier die Rede von Prostata ist, ich meine von Jürgen Kaminsky, dann sollten Sie auch bedenken, dass ich den ganzen Abend wahnsinnig gelitten habe. Stellen Sie sich mal vor, während eines Essens vom Date zu erfahren, welche Untersuchungen ein Urologe angestellt hat, um die Prostata zu begutachten. Ich bin hier die Leidtragende gewesen, nicht Prostata … Herr Kaminsky meine ich. Herr Kaminsky.«

Herr Vollmer stand ebenfalls auf. »Das ist unerhört! Wissen Sie, wie dieser Mann gelitten hat? Können Sie sich auch nur im Entferntesten vorstellen, wie schrecklich diese Untersuchungen für Herrn Kaminsky waren? Können Sie sich vorstellen, wie sich das anfühlt, eine Prostata zu haben, die nicht wie normal die Größe einer Kastanie hat, sondern die einer Orange? Können Sie das?«

Ich setzte mich.

»Ich besitze keine!«

»Dann bilden Sie sich gefälligst darüber kein Urteil!«

Es klopfte laut.

»Angelika!«, schrie ich auffordern. Sie öffnete einen Spaltbreit die Tür und streckte nur ihren Kopf in mein Büro. Herr Vollmer setzte sich wieder.

»Anna, eine Beschwerde auf Leitung eins! Und wir würden dann alle Feierabend machen.«

»Durchstellen!«, brüllte ich. Herr Vollmer zuckte zusammen. Angelika verschwand. Sekunden später blinkte mein Telefon. Herr Vollmer hatte währenddessen einen Block aus seiner Ledertasche gezogen, dazu einen Stift. »Sie stellen das Telefonat auf Laut!«

»Wir unterliegen dem Datenschutz!«, entfuhr es mir entrüstet.

»Ich pfeife auf den Datenschutz! Laut stellen!«

»Bitte.«

Ich atmete tief ein und wieder aus, nahm den Hörer in die Hand und drückte auf die Lautsprechertaste.

»Agentur Dating-Line, Regens am Apparat, was kann ich für Sie …«

»Sie hatten mir einen Mann versprochen!«, schrie eine aufgebrachte Frau.

»Der Name?«, fragte ich zwischen zusammengebissenen Zähnen und beobachtete Herrn Vollmer, der begann in sein Heft zuschreiben.

»Flora Kesternich.«

»Und das Objekt? Ich meine Subjekt? Also, … der Mann?«

»Heinrich von Wiesen.«

»Moment!«

Ich gab die Namen in das Programm ein.

»Wo lag das Problem? Laut Computer passen Sie ganz hervorragend zusammen!«

»Das stimmt eben nicht! Herr von Wiesen ist eine Memme! Ich wollte einen Mann haben, mit dem man auch ein Happy End haben kann. Das war kein Happy End! Das war eine Katastrophe!«

Ich zwang mich zur Ruhe und schloss kurz die Augen. Dann öffnete ich sie wieder und sprach bewusst langsam. »Könnten Sie mir bitte genauer schildern, was katastrophal war?«

»Er wollte es von hinten machen! Noch Fragen?«

»Aber, das kann doch ganz nett sein.« Ich strich mir mit dem Zeigefinger den Hals entlang und ärgerte mich selbst, in diesem Moment an Frederic denken zu müssen.

»Herr von Wiesen wollte, dass *ich* hinten bin!«

Ich überlegte. »Wie soll denn das funktionieren?«

»Eben!«

»Wir Männer haben auch Gefühle!«, kam es plötzlich von Herrn Vollmer mit erstickter Stimme.

»Was haben Sie gesagt?«, fragte die Kundin.

»Ich … ich sagte, Männer haben hinten auch Gefühle.«

»Ich will keinen Mann, der hinten Gefühle hat!« Frau Kesternich schrie so laut, dass der Lautsprecher ein unangenehmes Knacken von sich gab.

»Moment!« Ich legte den Hörer zur Seite, löschte den Namen des Mannes im Programm und gab stattdessen Kai-Uwe Fichtner ein. Dann drückte ich Enter. *Sie wollte einen Mann haben? Sollte sie bekommen.*

Zu meiner Überraschung spuckte der Computer die Prozentzahl zweiundfünfzig aus. Wären meine Gedanken bezüglich des Zusammenpassens von Mann und Frau mit fünfzig bis sechzig Prozent optimal, müsste es mit Flora Kesternich und Kai-Uwe Fichtner perfekt passen.

»Sie bekommen von uns ein kostenloses neues Date, und wie ich gerade sehe, wäre der Herr heute Abend noch frei und wir hätten noch einen Tisch für zwei Personen im Tellergeist. Achtzehn Uhr. Allerdings sehe ich gerade, dass Ihnen dann nur noch eine gute Stunde bliebe, sich fertigzumachen, denn für das komplette Programm, sprich Friseur und von uns ausgewählte Kleidung wäre es nun zu spät.«

»Das macht nichts. Den nehme ich. Ist aber ein Mann? Also männlich?«

»Oh ja. Männlich ist er. Ganz bestimmt sogar und ich gebe Ihnen mein Ehrenwort, dass dieser Mann es von hinten nur richtig herum möchte. Ich wünsche Ihnen viel Erfolg!«

»Ja dann, wenn das so ist, hebt sich meine Beschwerde natürlich auf. Vielen Dank.« Innerlich atmete ich erleichtert auf. Noch eine weitere massive

Beschwerde wäre für mich an diesem Tag zu viel gewesen.

»Sehr gerne. Auf Wiederhören.«

#zwanzig

Ich legte den Hörer zurück auf das Telefon, faltete versucht ruhig die Hände und sah Herrn Vollmer müde an.

»Haben Sie noch Fragen? Wenn nicht, würde ich Sie bitten, zu gehen. Ich möchte Feierabend machen.«

»Eine letzte Frage habe ich!«

»Bitte!«

»Seien Sie mal ganz ehrlich. Sie hatten drei Dates gehabt. Ist das richtig?«

»Ja. Das ist richtig.«

»Mit wie vielen der Männer hatten Sie ein Happy End?«

Ich sah die Aufsichtsbehörde an. Lange an. Die Ameisen rannten auf meiner Kopfhaut umher, die Spinnen schafften es inzwischen bis zu meinen Oberschenkeln.

»Mit keinem«, flüsterte ich und strich mir zitternd die Haare aus der Stirn. »Mit keinem«, sagte ich etwas lauter. Ich stand auf. Herr Vollmer beobachtete mich kritisch. »Mit keinem!«, schrie ich und haute mit der Faust auf meinen Schreibtisch. »Mit keinem! Mit keinem!«

Herr Vollmer stand ebenfalls auf. »Also Frau Regens, das … also ganz ehrlich, das tut mir sehr leid für Sie. Sehr leid. Beim nächsten Mal klappt es bestimmt.«

»Mit keinem. Mit keinem«, weinte ich. Herr Vollmer nahm mich in den Arm. »Kommen Sie her. Sie sind eine ganz tolle Frau. Ein ganz tolle. Sie werden schon noch ein Happy End haben. Ganz bestimmt. Toll sind Sie. Toll.«

Der Herr von der Aufsichtsbehörde drückt mich immer fester an sich und ich bekam Schwierigkeiten, überhaupt noch zu atmen. Plötzlich kam mir die Übung mit Frederic in den Sinn. Ich stieß die Aufsichtsbehörde von mir weg und sah ihn mit großen Augen an.

»Ich hatte sehr wohl ein Happy End! Kein klassisches, aber ein Happy End.«

»Das ist toll, Frau Regens, ganz toll. Sehen Sie, dann sind Sie gar nicht so schlecht. Daran müssen Sie sich festhalten, damit ihr Selbstbewusstsein nicht schwindet!«

Hektisch wischte ich mir die Tränen aus dem Gesicht und sah zur Uhr, die direkt über meiner Bürotür hing. Halb sechs. »Es tut mir sehr leid, Herr Vollmer, aber ich muss jetzt wirklich los. Ich … ich muss was klären.« Ich fühlte mich plötzlich mehr als bereit dazu, Frederic frei heraus meine Meinung zu sagen. Ihm zu sagen, dass ich kein reines Übungsprojekt sei.

Herr Vollmer strich mit beiden Händen sein Jackett, auf dem deutliche Spuren meiner Heulattacke zu sehen waren, glatt und nickte mir ernst zu.

»Gut. Ich gehe nun davon aus, dass es sich bei Ihrer Agentur nicht um einen Männerhandel handelt?«

Ich sah ihn kurz mit offenem Mund an. »Sie dachten, ich würde einen Handel mit Männern betreiben?«

»Nun, nach der Beschreibung meines lieben Freundes Jürgen Kaminsky, und nachdem uns Bürger angerufen hatten, das Schild, welches Sie erneuert haben, sei eindeutig ein Indiz für ein fragwürdiges Gewerbe, musste ich davon ausgehen.«

»Nein, ich betreibe keinen Handel mit Männern! Ich bringe Menschen zusammen!«

»Mittels Happy End?«

Ich schulterte meine Handtasche und machte den Computer aus. »Wenn zwei Menschen sich das wünschen, dann eben auch mit Happy End.« Ich ging schnellen Schrittes zur Tür, öffnete sie und machte mit der Hand die typische Bewegung, dass Herr Vollmer bitte vorgehen sollte. Zögerlich tat er es.

Im Großraumbüro war alles dunkel. Keiner meiner Mitarbeiter war noch da. Ich schaltete auch in meinem Büro das Licht aus.

»Glauben Sie, Frau Regens, da gäbe es auch jemanden für mich?« Ich lächelte ihn an. Beamte waren eben auch nur Menschen!

»Herr Vollmer, dann müssten Sie bitte Ihre Daten in das Formular auf unserer Homepage eingeben und abschicken. Wir würden uns dann morgen darum kümmern, die passende Person für Sie zu finden. Und jetzt entschuldigen Sie mich bitte. Ich muss wirklich was erledigen!«

Wir verließen gemeinsam die Agentur und liefen die Treppen nach unten. Draußen angekommen reichte ich der Aufsichtsbehörde die Hand. »Ja dann, Herr Vollmer, alles Gute für Sie!«

»Vielen Dank«, flüsterte er. »Das Schild wird morgen unverzüglich entfernt!«, sagte er streng und zeigte auf den Durchfall oberhalb meiner Agentur.

»Selbstverständlich.« Dann gingen wir auseinander, jeder in die entgegengesetzte Richtung. Ich eilte zu meinem Auto. Ich würde jetzt vorsätzlich das Date von Frederic crashen. Ich war bereit. Endlich. Und ich spürte, würde ich gleich alles herauslassen, was mir in den Sinn kam, ich würde mich danach so gut fühlen, wie noch nie zuvor. Es sollte nun endgültig Schluss sein mit Freundlichkeit. Es hatte sich ausgefreundlicht. Fertig.

Nur zwanzig Minuten später kam ich beim Tellergeist an und sofort stach mir das Fahrrad von Frederic ins

Auge, das er an einen Laternenpfahl gestellt und angebunden hatte. Er kam tatsächlich mit dem Fahrrad zu seinem Date. Was, wenn die Dame sich ein Happy End wünschte? Würde er sie dann mit dem Fahrrad bis ins Bett fahren?

Ich parkte verbotenerweise unmittelbar vor dem Restaurant. Ich würde ohnehin nicht lange brauchen. Für die Dame, mit der Frederic verabredet war, tat es mir leid. Es war nicht meine Art, einer Frau den Abend zu versauen, aber ich hatte inzwischen das Gefühl, innerlich zu platzen.

Ich atmete noch einige Male tief ein und wieder aus, sparte mir allerdings, in den Spiegel zu schauen, weil ich gar nicht wissen wollte, wie beschissen ich nach der Heulattacke im Büro aussah, und stieg aus. Um den ersten Frust loszuwerden, schlug ich die Autotür fest zu und ging energisch zum Eingang. Ich öffnete. Der Kellner sah mich erstaunt an. Vermutlich hatte er so schnell nicht mehr mit mir gerechnet. Noch ehe er irgendetwas sagen konnte, hob ich die Hand, sah mich im Restaurant um, entdeckte im Augenwinkel Kai-Uwe Fichtner, gemeinsam mit Frau Flora Kesternich und sah dann in einer Ecke Frederic sitzen. Seine Begleitung schien zur Toilette gegangen zu sein. Ich fixierte ihn und lief geradewegs auf ihn zu. Frederic lächelte, was mich etwas irritierte, vielmehr müsste er erstaunt sein, mich im Tellergeist zu sehen. Er zog fragend die Augenbrauen hoch. Ich zählte innerlich bis drei und holte tief Luft.

»So, Frederic, eins will ich Ihnen mal sagen! Sie sind der schlimmste Mann von allen, die ich bisher getroffen habe!« Mein Puls beschleunigte sich innerhalb weniger Sekunden auf das Doppelte. Die Spinnen machten gemeinsame Sache mit den Ameisen. Und dass der Kellner verzweifelt versuchte, mir elegant aus meinem Trenchcoat zu helfen, bemerkte ich gar nicht, obwohl ich zwei Mal eine Pirouette drehte, ehe der Kellner es endlich vollbrachte, meinen Mantel in den Händen zu halten. Frederic lächelte immer noch und nickte dabei. »Das machen Sie gut, Anna. Wirklich gut. Lassen Sie einfach mal alles raus, was Ihnen auf der Seele brennt.«

Ich stützte mich mit beiden Händen auf dem Tisch ab. »Glauben Sie etwa, das hier sei eine Übung? Glauben Sie, mir beibringen zu müssen, wie ich wann, wo und was zu sagen habe? Glauben Sie das?« Würde Heinz hier sein, selbst wenn er in der gegenüberliegenden Ecke stünde, er würde jedes Wort verstehen können, so laut schrie ich. Alle anwesenden Gäste verstummten und starrten mich an. Doch dafür hatte ich kaum einen Blick übrig. Ich fixierte weiterhin Frederic.

»Anna, das könne Sie besser! Verabschieden Sie sich doch mal von Ihrer höflichen und zuvorkommenden Art und sagen einfach, was Sie wirklich denken.«

»Sie … Sie … Sie sind ein Uhu! Ein ganz übler Uhu!«

Frederic sah sich um und lächelte mich erneut an. Dann schüttelte er mit dem Kopf. »Also, ich hatte ernsthaft gedacht, Sie könnten eine richtige Wildkatze sein. Ich habe mich wohl getäuscht.«

Ich spürte einen Vulkan in mir. Einen Vulkan, der darauf wartete, Feuer zu spucken, um sich danach erleichtert zu fühlen.

»Sie … Sie … Fick! Sie Scheiße. Jawohl, eine Scheiße sind Sie. Eine schlimme Scheiße, eine … ganz besonders fürchterliche Scheiße … Sie Fickuhu. Haben Sie verstanden? Sie sind ein Fickuhu.«

Ein Raunen ging durch den Raum und ich hörte hinter mir Schritte. Der Besitzer des Tellergeistes. Frederic hob sofort die Hand. »Es ist alles gut. Ich habe alles im Griff. Wissen Sie, Frau Regens muss lernen, aus sich herauszukommen.«

»Ach so. Ja dann ist ja alles gut. Viel Erfolg, Frau Regens.« Der Besitzer drehte sich um und ging. Ich schnappte nach Luft, ließ meinen Blick über den Tisch wandern und entdeckte ein volles Glas Wasser. Ohne zu überlegen, griff ich danach und schüttete es Frederic ins Gesicht. Dann stellte ich es nicht gerade sanft auf den Tisch, stemmte beide Hände in die Hüften und sah Frederic, der nun nicht mehr grinste, grimmig an. Er nahm sich eine Serviette und tupfte sich damit übers Gesicht. Dann blickte er zu mir auf. »Wollen wir Ihren Ausbruch mal analysieren?«

Ich ballte die Hände zu Fäusten. »Stehen Sie auf, Frederic! Sofort!« *Ich würde ihn schlagen. Ich würde es wirklich tun!*

Frederic erhob sich langsam und nickte dabei. Ein Lächeln sah ich nicht mehr. Plötzlich verdunkelte sich der Raum, überall brannten Kerzen und der *Hochzeitsmarsch* von *Wagner* ertönte. Ich sah Frederic mit offenem Mund an. *Oh Gott ... wollte der mich jetzt heiraten?*

»Damit es alle hier im Raum wissen, die Antwort lautet: Nein! Ich heirate keinen Mann, mit dem ich nicht mal ein richtiges Happy End hatte!« Ich verschränkte die Arme vor der Brust und war innerlich sehr zufrieden mit mir, den Mut aufgebracht zu haben, frei heraus meine Meinung zu sagen. Und vielleicht, ich meine, möglich wäre es, würde Frederic darüber nachdenken, dass es nicht sehr nett war, nur mit mir zu üben ...

Aus allen Ecken im Raum ertönte: »Pssst!« Erschrocken drehte ich mich um und entdeckte zwei Tische weiter ... Prostata. Mit Gerlinde Schweiß. Prostata ließ sich auf die Knie nieder und blickte zu Frau Schweiß auf. »Schnurzelchen, möchtest du meine Frau werden?« Schnurzelchen brach in Tränen aus.

Ich war im falschen Film. Ganz bestimmt sogar. »Ja. Ja, ich will!« Prostata erhob sich und nahm Gerlinde Schweiß in den Arm. Alles klatschte in die Hände. Frederic und ich auch. Das Licht wurde wieder angeschaltet. Ich spürte genau, dass ich rot anlief und die Spinnen, als auch die Ameisen kopfschüttelnd mein Gesicht verließen. »Entschuldigen Sie bitte, Frederic, ich dachte, Sie wollten mir einen Antrag machen.«

»Also manche mögen mich altmodisch nennen, aber um zu heiraten bedarf es in meinen Augen sicherlich hundert Happy Ends. Wie sehen Sie das?«

Ich schüttelte nur den Kopf und sah beschämt zu Boden. Frederic kam auf mich zu, streichelte mir kurz über den Arm und zog dann den Stuhl zurück. »Bitte! Setzen Sie sich doch!« Inzwischen hatten dann auch die Tränensäcke so viel Wasser gesammelt, dass es überlief. So unauffällig es ging, wischte ich mir die Feuchtigkeit aus dem Gesicht. »Aber, wo ist Ihre Verabredung?«, fragte ich leise und sah ihn an. Frederic stand immer noch da und stützte sich auf der Stuhllehne ab. Er lächelte und zwinkerte mir zu. »Sie sollten heute mein Date sein. Nur Sie!«

»Wieso haben Sie mir das nicht heute Morgen schon gesagt? Sie … Sie hätten mich doch heute Morgen fragen können, ob ich mich mit Ihnen verabreden möchte!«

»Wissen Sie was, Anna? Ich hoffte, dass das hier passieren würde.«

»Was?«

»Dass Sie endlich mal frei heraus Ihre Meinung sagen.« Er zog den Stuhl noch weiter zurück und nickte mir zu. Ich setzte mich. Frederic ging um den Tisch herum und setzte sich ebenfalls. Sein weißes Hemd war nass, und als er da saß und mich freundlich ansah, hatte ich prompt ein schlechtes Gewissen.

»Das Schimpfwort *Fickuhu* nehme ich übrigens in meinem Wortschatz auf. Gefällt mir. Hat Stil!«, sagte er lachend. Die rote Farbe in meinem Gesicht, die sich mehr und mehr nach unten verabschiedet hatte, stieg erneut hoch. »Und jetzt?«, fragte ich.

Frederic nickte. »Okay. Passen Sie auf. Wir hatten uns schon vor ein paar Tagen verabredet für diesen Abend. Sie haben sich zu Hause mit Kribbeln im Bauch zurechtgemacht, ich ebenso. Dann sind Sie zuerst in den Tellergeist gekommen, haben sich gesetzt und sehnsüchtig auf mich gewartet. Ich kam nur kurze Zeit später dazu, mit einer Rose in der Hand.« Frederic griff unter den Tisch und zog eine rote Rose hervor. Er hielt sie mir hin. Ich nahm sie lachend entgegen und roch daran.

»Dann habe ich mich vorgestellt. In etwa so. Ich heiße Frederic Thomas. Schön, dich kennenzulernen. Und jetzt stellen Sie sich vor!« Er schaute mich mit hochgezogenen Augenbrauen an und nickte mir aufmunternd zu. Ich sah mich um. Alle anderen Gäste waren in ein Gespräch vertieft. Ich schaute wieder zu Frederic und räusperte mich.

»Mein Name ist Anna Regens. Und ich freue mich auch sehr, dich kennenzulernen.«

»Was möchtest du trinken, Anna?«

»Am liebsten ein Glas Wein.«

»Rot?«

»Gerne.«

Frederic hob die Hand und rief dem Kellner zu. Der kam sofort. »Wir möchten bitte zwei Gläser Rotwein haben.«

»Sehr gerne. Und die Speisekarte?«

»Ja, die auch.«

Der Kellner beugte sich zu mir runter. »Schätzchen, ich habe ein wirklich gutes Gefühl bei dem Herrn.«

»Ich auch«, flüsterte ich lächelnd zurück. Der Kellner entfernte sich. Ich sah wieder Frederic an.

»Erzähl mal von dir«, sagte er.

»Ach, viel gibt es nicht zu erzählen. Ich habe die Agentur Dating-Line zusammen mit meiner damaligen besten Freundin gegründet. Sie war quasi das Aushängeschild unserer Agentur, ich war zuständig für die Programmierung der Computer. Meinen Ex-Freund Dieter habe ich über die Agentur kennengelernt. Er hat uns mit der ganzen Technik beliefert. Wir passten zu neunundneunzig Prozent zusammen. Aber irgendwie lief es nicht gut. Er wollte ständig etwas unternehmen. Er wollte ständig neue Sachen ausprobieren und offensichtlich wurde ich ihm nach einer gewissen Zeit zu langweilig. Er ist durchgebrannt. Mit Sabine. Meiner besten Freundin und Geschäftspartnerin. Na ja. Seitdem leite ich die Agentur alleine. Und passe auf die Katze meines Ex-Freundes auf.«

»Muschi.«

»Ja. Ich bin eigentlich gar kein Katzenmensch, aber ich habe es nicht übers Herz gebracht, sie abzugeben. Und irgendwie funktioniert es zwischen uns beiden. Und wie ist es bei dir so?«

Der Kellner kam, stellte uns zwei Gläser Rotwein auf den Tisch und reichte jedem von uns die Speisekarte. »Darf ich für uns wählen?«, fragte Frederic und hatte die Karte bereits aufgeschlagen. Der Kellner wartete.

»Gerne.«

Er schlug die Karte zu, nahm mir meine aus der Hand und hielt beide dem Kellner entgegen. »Wir hätten gerne die Pilzpfanne für zwei Personen.« Der Kellner nickte lächelnd und ging.

Wir erhoben unsere Gläser und prosteten uns zu. Es ließ sich nun offensichtlich bei uns beiden nicht vermeiden, dass wir uns auf den Mund schauten. Überhaupt bekam ich den Eindruck, dass es zwischen uns massiv zu knistern begann.

»Du wolltest auch von dir erzählen!«, sagte ich nach einigen Sekunden der Stille. Obwohl die anderen Gäste sich unterhielten, hier und da ein Klappern von Bestecken zu hören war, oder man des Öfteren einen Stuhl, der sich verschob, hörte, kam es mir vor, als wären Frederic und ich ganz alleine in diesem Restaurant.

»Über mich gibt es leider gar nichts Spannendes zu erzählen. Ich bin Bauunternehmer und habe vor einem halben Jahr noch ungefähr achtzehn Stunden am Tag gearbeitet. Neben der Tatsache, dass meine Frau herausgefunden hat, sich doch mehr dem weiblichen Geschlecht hingezogen zu fühlen, hat sie sehr unter der Einsamkeit gelitten. Ich war nur unterwegs und es gab Wochen, in denen wir uns kaum begegnet sind. Ja. Und dann hat sie mir irgendwann gesagt, sie könne so nicht mehr leben und sie hätte im Urlaub eine Frau kennengelernt. Wir haben uns getrennt, und als ich bemerkte, dass mich das überhaupt nicht berührte, habe ich versucht, umzudenken. Ich habe mir eine Auszeit genommen und mir ein Hobby gesucht, um mal andere Dinge zu machen.«

»Deine Hobbys sind erst seit einem halben Jahr Pilze und Uhus?«, fragte ich erstaunt.

»Ja. Spannend, oder? Ich hatte nie ein Hobby.«

Ich lächelte verlegen. »Ich habe eigentlich auch kein Hobby.«

»Ich dachte, du treibst gerne Sport.«

Ich beugte mich etwas nach vorne. »Ganz ehrlich? Ich treibe gar nicht gerne Sport. Und ich trage auch nicht Größe 38, sondern 40. Aber ich trage nicht 42!«

Frederic beugte sich ebenfalls vor. »Ganz ehrlich? Ich wusste, dass du in etwa die Größe 40 trägst. Sportklamotten nimmt man eigentlich immer gerne eine Nummer größer.«

Kurz herrschte Stille im Restaurant, und als man plötzlich etwas laut Klatschen hörte, zuckte jeder Gast unweigerlich zusammen. Das Klatschen hatte Kai-Uwe verursacht, in dem er Frau Kesternich auf den Hintern gehauen hatte. Vage vernahm ich den Satz: Eins hinten drauf. Ich lächelte still. Offensichtlich gefiel es Frau Kesternich, denn beide verließen den Tellergeist.

Während unser Essen gebracht wurde, und es sah wirklich köstlich aus, schwiegen wir. Ich überlegte, ob es später noch zu einem Happy End kommen könnte. Wollte ich das? Ja, ich wollte. Denn anders als bei meinen anderen Dates wusste ich ja in etwa, was mich erwarten würde. Und weiter, das Gefühl in mir wollte das Happy End nicht wegen des Aktes, sondern, weil ich mit ihm zusammen sein wollte. Stellte sich nur die Frage, ob Frederic ähnlich empfand, wie ich. Sollte ich fragen? Fragte man so etwas? Fragte man ganz frei heraus: ›Hey, wollen wir noch zu mir und ein Happy End haben?‹ Oder wartete man lieber darauf, dass es einfach passierte, wenn alles andere passte? Wartete man als Frau darauf, dass der Mann ein Happy End vorschlug?

Wir lächelten uns immer wieder an und aßen. Aber die Frage, ob Happy End oder nicht, ließ mich nicht mehr los. Ich erschreckte fast, als Frederic plötzlich meine Hand ergriff. Ich sah ihn an.

»Anna?«

»Hm?« Wir schauten uns beide kurz auf den Mund.

»Möchtest du dich gleich auf meine Stange setzen?«

Mir fiel die Gabel auf den Teller.

»Hoppla. Habe ich dich jetzt verunsichert?« Frederic sah mich fragend an.

#einundzwanzig

Ich strich mir nervös einige Strähnen aus der Stirn und sah leicht beschämt zu Boden. »Das ist jetzt aber sehr direkt«, sagte ich lächelnd.

»Oh, ich mag es direkt. Ist dir das unangenehm?«

»Na ja, es ist ja schon etwas vulgär ausgedrückt. Ich weiß nicht.«

Die Ameisen und Spinnen waren währenddessen zurückgekehrt. Die Röte ebenfalls.

»Unter vulgär verstehe ich etwas anderes. Du kannst es dir ja überlegen. Mein Angebot steht.«

Da war sie. Die Frage, ob ich mit ihm ein Happy End haben wollte. Zugegebenermaßen hatte ich es mir etwas anders vorgestellt, aber warum nicht ganz direkt.

Zufrieden lehnte ich mich nach dem leckeren Essen zurück. Es stimmte alles. Ich saß mit dem Mann bei einem Date, der mir von seiner ganzen Art gefiel, warum auch immer. Wir führten gute Gespräche, kannten uns schon etwas und hatten, trotz der kurzen Zeit, die wir miteinander zu tun hatten, einige sehr intime Momente gehabt.

»Hat es dir geschmeckt?«, fragte Frederic.

»Sehr. Vielen Dank, Frederic.«

»Gerne. Noch ein Glas Rotwein?«

Ich wollte gerade antworten, dass ich auf weiteren Alkohol verzichten musste, da ich ja mit dem Auto unterwegs war, als der Kellner aufgeregt an unseren Tisch kam. »Gehört Ihnen der grüne Fiat vor der Tür?«

»Ja, das ist meiner. Ach, ich habe ganz vergessen, dass ich auf einer Sperrfläche stehe. Soll ich schnell wegfahren?« Ich war schon aufgestanden.

»Ich denke, das brauchen Sie jetzt nicht mehr.« Der Kellner zeigte auf die Fensterfront und ich erkannte noch so gerade, dass mein Fiat auf einem Abschlepp-wagen stand und weggefahren wurde. Mist.

Kopfschüttelnd setzte ich mich wieder und der Kellner ging.

»Gut, dann brauchst du jetzt ja nicht mehr überlegen, ob du dich auf meine Stange setzen willst. Die Frage hat sich ja nun erledigt.«

Ich sah Frederic fragend an. »Was hat das mit meinem Auto zu tun? Also, wenn du eine Antwort brauchst, bin ich auch mal ganz direkt! Ja, ich will mich auf deine Stange setzen.« Ich grinste ihn an, überlegte kurz, ob ich das Ding mit der Zunge und der Oberlippe abziehen sollte, entschied mich aber dagegen, weil Frederic ein Mann war, der genau wusste, was gespielt und was echt war.

Frederic schmunzelte, hob sein Weinglas an und bestellte nach.

Je weiter der Abend voranschritt, desto nervöser wurde ich, was einzig mit dem Satz, ›Möchtest du dich auf meine Stange setzen‹, zusammenhing. Jürgen, alias Prostata, war mit Schnurzelchen und seinem Schwimmring eng umschlungen gegangen und auch andere Gäste verließen nach und nach den Tellergeist. Wir würden gleich ebenfalls das Restaurant verlassen und zum Happy End übergehen, mit dem kleinen aber feinen Unterschied, dass dieses Happy End nicht der Arbeit diente, sondern ganz echt war. Echt insofern, als dass ich Gefühle für Frederic hatte. Wo die herkamen, wollte ich gar nicht wissen. Aber, ein Happy End aus Arbeitszwecken heraus, war eindeutig leichter zu vollziehen, als das, was kommen sollte. Vielleicht wäre es klug, ihm zu sagen, dass ich unsicher war. Vielleicht wäre es klug, ihm zu sagen, dass bei mir echte Gefühle im Spiel waren und man vielleicht lieber mit einem Happy End warten sollte. Vielleicht wäre es sinnvoll, Frederic zu sagen, dass ich gerne ein altmodisches Happy End hätte. Man verliebt sich, man kommt zusammen, man ist glücklich.

Frederic ergriff meine Finger und fuhr mit seinem Daumen über meinen Handrücken. »Woran denkst du?«, fragte er. Ich schüttelte verlegen den Kopf und starrte auf seine männliche Hand, die meine streichelte. »An gleich«, entfuhr es mir, dann sah ich ihn an.

»Denkst du an die Stange?« Er zwinkerte mir zu und lachte dabei.

»Genau.«

»Das wird schon klappen. Mach dir keine Sorgen.« Er hob die Hand. »Die Rechnung, bitte!«

Meinen Herzschlag spürte ich inzwischen in meinem Hals pulsieren. Gleich war es so weit. Mein Happy End. Und ich hatte keine Ahnung, wie ich das machen sollte, obwohl ich ja mit Frederic die Szenen durchgespielt hatte. Aber wir waren angezogen gewesen. Wir hatten nur gespielt. Keine nackte Haut, kein inniges Gefühl, das man unweigerlich hatte, schlief man mit einem Mann. Nichts dergleichen.

Der Kellner kam und brachte die Rechnung. Dass er zwischen mir und Frederic aufgeregt hin- und hersah, versuchte ich zu ignorieren.

»Der Rest ist für Sie.« Frederic legte dem Kellner einen Schein auf den silbernen Unterteller, auf dem die Rechnung lag, dann erhob er sich. Ich tat es ihm gleich.

»Soll ich Ihnen vielleicht ein Taxi rufen?«

Ich starrte den Kellner an.

»Taxi. Ein Taxi. Rufen«, sagte er langsam und jedes Wort betont.

»Oh. Ein Taxi. Ja, bitte. Mein Auto wurde ja abge-
schleppt.«

»Nein, nein. Nicht nötig. Sie fährt auf meiner Stange
mit.«

»Na dann ist ja gut«, sagte der Kellner, grinste mich
an, nahm den Unterteller und ging.

Ich hatte etwas falsch verstanden. Bestimmt. Ganz
bestimmt. Stange gleich Fahrrad gleich Mitfahrgele-
genheit. Ich drehte mich etwas von Frederic weg und
biss mir feste in den Zeigefinger, um meiner Wut, die
mal wieder zutage kam, nachzugeben. Es ging ihm
nicht um ein Happy End. Vermutlich wollte er gar
keins. Er wollte mir nur anbieten, mich nach Hause
zu bringen. Nicht mehr und nicht weniger. Und
wahrscheinlich diente dieses Date nur der Übung und
bei ihm waren keine echten Gefühle im Spiel. Meine
gute Laune, die ich zwischen den Schimpfwörtern
und der Frage nach dem Taxi hatte, war gänzlich verschwunden und so sehr ich mich bemühte, aus Höflichkeit wenigstens ab und an die Mundwinkel nach
oben zu ziehen, es gelang mir einfach nicht.

Frederic half mir in meinen Mantel, dann verab-
schiedeten wir uns vom Personal, die mir alle gleich
beide ihrer Daumen entgegenhielten, und verließen
den Tellergeist.

Mir war danach, Happy Ends einfach aus meinem
Kopf zu streichen. Einfach nie wieder ein Happy End
zu haben. Ende. Schluss. Höflich sein, anderen dazu

verhelfen, Happy Ends zu haben und mich selbst in Schweigen zu hüllen.

Frederic entfernte das Schloss vom Laternenpfahl, steckte es in eine seiner Satteltaschen und machte mit der Hand ein Zeichen, dass ich Platz nehmen sollte. Das letzte Mal, als ich auf einem Fahrrad mitgefahren war, lag nahezu dreißig Jahre zurück.

»So, dann hoffe ich mal, dass ich dich heil nach Hause bringe.«

»Ja, hoffe ich auch.« Ich setzte mich im Damensitz auf Frederics Stange, versuchte mein Bein mit der Wunde, die der Eber-Papa verursacht hatte, so zu halten, dass es nicht schmerzte, und hielt mich zusätzlich mit einer Hand am Lenker fest. Dann setzten wir uns in Bewegung und ich kam mir langsam echt bescheuert vor, da ich sogar das Entlangstreifen Frederics Beins an meinem Hintern für ein Zeichen der Zuneigung empfand. Wäre es nicht so schwierig, die Augen zu schließen und gleichzeitig den Sinn für das Gleichgewicht zu behalten, ich hätte es getan, um seine Nähe wahrhaftig zu spüren und den Wind, der mich im Gesicht kitzelte. Ich war eine hoffnungslose, verkappte Romantikerin. So war es nun mal.

»Die Nacht ist herrlich, findest du nicht?«

»Ja. Doch. Sie ist herrlich.«

»Sitzt du bequem?«

Zu sagen: Sehr, wäre wohl leicht übertrieben. Zu sagen: Ich hatte mir unter deiner Stange etwas anderes vorgestellt, wäre zwar nicht übertrieben, aber schlichtweg zu sexuell ausgedrückt.

»Es geht«, sagte ich leise und freute mich auf den Moment, wenn ich alleine in meiner Wohnung sein würde und meiner Fassungslosigkeit, Traurigkeit, Zornigkeit und was es da sonst noch für Keits gab, nachgeben konnte. Ich hatte die Schnauze voll. So war es.

Meinen Hintern spürte ich nicht mehr und zumindest einer meiner Oberschenkel fing an, sich wie eingeschlafene Füße zu benehmen.

Nach einer halben Stunde kamen wir endlich bei mir zu Hause an. Mein Vorhaben, relativ elegant von der Stange zu rutschen und ähnlich wie eine Kunstturnerin mit beiden Füßen, parallel zueinander aufzukommen, verlor sich in dem Moment, als ich wie ein Sack von der Stange rutschte, aufkam und mit dem eingeschlafenen Bein umknickte. Frederic hielt mich im letzten Moment am Oberarm fest. »Hoppla, das Bein oder der Po?«

»Beides.« In Gedanken fügte ich hinzu: Gesicht eingeschlafen, Herz eingeschlafen, Seele eingeschlafen, Schritt eingeschlafen, wobei letztes tatsächlich so war.

Ich trampelte einige Male mit den Füßen auf dem Boden, ehe endlich zumindest im Bein wieder einigermaßen Gefühl war. Frederic ließ mich los, saß aber immer noch auf seinem Fahrrad.

»Also, vielleicht könnten wir uns die Tage noch mal treffen? Wenn du Lust hast?«, fragte er. Ich versuchte, zu lächeln. Linker Mundwinkel spielte mit, rechter zeigte mir völlig unverblümt den Mittelfinger, links ließ sich von rechts überzeugen.

»Gerne, Frederic. Sie haben ja … ich meine, du hast ja meine Nummer.«

»Ja, die habe ich. Vielen Dank Anna, für diesen schönen Abend!«

Ich war nicht mehr in der Lage, dem noch etwas hinzuzufügen. Stattdessen drehte ich auf dem Absatz um, ging zur Tür, schloss auf, huschte hinein und schloss die Haustür hinter mir. Ich lehnte an der Wand, machte die Augen zu und wartete auf die Flut von Tränen, die eigentlich kommen sollte, doch der Zustand trat nicht ein. Aber etwas anderes machte sich Platz. Wut. Zorn. Übungsobjekt und die Tatsache, einem menschlichen Bedürfnis nachkommen zu wollen. Mein Puls stieg bis ins Unermessliche. Ich drehte mich um, riss die Tür auf und sah gerade, dass Frederic bereits in die Pedalen trat.

»Stopp!«, schrie ich so laut ich konnte.

Frederic bremste und drehte sich zu mir um.

»Hast du was vergessen?«

»Ruhe!«, bellte plötzlich Frau Müller-Steinfurth vom Balkon.

»Oh wie biste schön. Oh wie biste schön. So was hab ich lange nich jesehn, so schön, so schön!«, hörte man

Heinz singen, und als ich kurz zum Balkon sah, stand er spärlich bekleidet mit einer Flasche Wein in der Hand da und sang den Feldwebel an. Heinz schien voll wie eine Haubitze zu sein. Ich sah wieder zu Frederic.

Und jetzt? Vor meinem inneren Auge sah ich eine Frau, mit wehendem blonden Haaren, umhüllt von nur einem weißen, fast durchsichtigem zarten Stoff, die in Zeitlupe auf ihren Liebsten elfengleich zulief, sich in seine Arme warf, die Augen schloss, den Mund öffnete und auf den Kuss aller Küsse wartete.

Ich lief mit ausgebreiteten Armen auf Frederic zu, versuchte, die Zeitlupe in Real nachzuahmen, blieb an der Bordsteinkante mit einem meiner Füße hängen, und fiel der Länge nach auf den Asphalt. Elfengleich war das mit Sicherheit nicht.

»Was war das?«, hörte ich, mit dem Gesicht auf dem Teer liegend, Frederic rufen. Danach vernahm ich, wie er sein Fahrrad fallen ließ und auf mich zueilte. Er hielt mir die Hand entgegen, die ich ohne zu zögern ergriff, zog mich hoch und sah mich erstaunt an.

»Eine Szene aus ›Herr der Ringe‹. Da, wo die Waldelfe …«

»Weißt du, Anna, vielleicht solltest du mit irgendwelchen Szenen aufhören und einfach ganz du selbst sein. Also … was wolltest du denn?«

Ich schaute zu ihm hoch. *Sei du selbst!* Als ich Frederic mit einer Hand in den Nacken griff und zu mir runter zog, hatte ich keine Bilder im Kopf. Ich machte es einfach. Ich presste meine Lippen auf seine, öffnete mit meiner Zunge seinen Mund, hatte kein System im Kopf, nur eins: Happy End. Mit keinem anderen, als mit Frederic. Ich ergriff seinen Hemdausschnitt mit beiden Händen und riss ihn auseinander. Die Knöpfe flogen uns um die Ohren wie Kanonenschüsse – war nicht ganz so, aber so kam es mir vor – und dass der Feldwebel vermutlich immer noch auf dem Balkon stand und uns zusah, war mir egal.

Frederic keuchte, als ich an seinen Gürtel griff und versuchte, ihn hektisch zu öffnen. »Anna, wir sollten reingehen, oder?«

»Ja. Reingehen.«

Ich nahm ihn an die Hand und zog Frederic ins Haus, und noch ehe ich die Tür hinter uns ins Schloss fallen ließ, machte ich mich weiter an seinem Gürtel zu schaffen. Dass Frederic sich offensichtlich ziemlich überrumpelt fühlte, erkannte ich nicht. Vielleicht wollte ich es nicht erkennen. Ich fühlte mich frei. Ich fühlte mich glücklich und endlich, wie eine Frau sich fühlen sollte. Wir küssten uns leidenschaftlich und ich vollbrachte es, blind seine Hose zu öffnen und nach unten zu ziehen. Dann hielt ich mich an seinem Nacken mit beiden Händen fest und sprang ihn an. Meine Beine verschränkte ich um seine Hüften. Frederic griff unter meine Oberschenkel und hielt mich fest.

Ich biss ihm ins Ohrläppchen. »Los, lass uns ins Schlafzimmer gehen«, hauchte ich. Frederic nickte. Wir küssten uns weiter. Ich schloss die Augen und genoss es. Als ich nach geraumer Zeit die Augen wieder öffnete, wunderte ich mich sehr, dass wir immer noch im Flur standen. Ich zog meinen Kopf etwas zurück und schaute Frederic fragend an. Wollte er gar nicht? Hatte ich ihn zu sehr erschreckt? War ich zu ... dominant gewesen?

»Was ist?«, fragte ich.

»Es war sehr nett von dir, dass du mir die Hose geöffnet hast. Aber, ich kann nicht laufen.«

»Ja. Hätte ich vielleicht erst im Schlafzimmer machen sollen.«

Frederic ließ mich zu Boden und schlüpfte aus seiner Hose. Dann packte er mich lachend, hob mich hoch und trug mich ins Schlafzimmer. »Aus welchem Film hast du das mit der Hose?«, fragte er, stieß die Tür zum Schlafzimmer auf und blieb mit mir vor dem Bett stehen.

»Aus unserem«, erwiderte ich und küsste ihn.

Wir lagen engumschlungen und leicht außer Atem in meinem Bett, was beim Akt natürlich erneut gekracht war, allerdings hatte uns das nicht gestört. Ich lag mit dem Kopf auf seiner Brust und lauschte dem Klang seines Herzens, während er mir immer wieder sanft über den Rücken streichelte.

»Anna?«, flüsterte er.

»Hm.«

»Was sagt dein Programm über uns?«

Ich richtete mich etwas auf und sah ihn an. Ich lächelte. »Wir passen zu einundfünfzig Prozent zusammen.« Ich küsste ihn auf die Brust und legte erneut meinen Kopf darauf.

»Einundfünfzig Prozent klingt gut. Findest du nicht?«

»Sehr gut. Zumal ich herausgefunden habe, dass es nur selten zwischen zwei Menschen funktioniert, wenn man nahe der Hundert Prozent ist. Besser ist es, wenn die Übereinstimmung zwischen fünfzig und sechzig Prozent liegt. Warum das so ist, weiß ich nicht.«

»Das liegt ja nun auf der Hand.«

Ich hob den Kopf und sah Frederic fragend an.

»Man braucht ein Fundament! Also gehen wir von fünfzig Prozent mindestens aus, das wäre das Fundament. Die anderen fünfzig Prozent, die dann fehlen, kann kein Programm dieser Welt berechnen. Ich finde, dass müssen zwei Menschen dann selbst herausfinden, ob sie zusammenpassen. Außerdem, wenn man zu hundert Prozent Gemeinsamkeiten hat, ist es dann nicht langweilig? Macht nicht gerade das den Reiz aus? Herauszufinden, worin man verschieden ist?«

Ich setzte mich auf. »Dann hätte meine Agentur mehr Erfolg, wenn ich es ändern würde.«

»Ja, vermutlich.« Auch Frederic setzte sich auf.

»Ich muss Dating-Line so programmieren, dass alle Dates zu fünfzig bis sechzig Prozent zusammenpassen. So hätten Kunden dann auch mehr Dates und somit eine größere Auswahl.« Ich hatte mehr zu mir selbst gesprochen. Aber ich sah es klar vor mir. Das Problem waren die über neunzig Prozent. Ich schreckte aus meinen Gedanken auf, als Frederic mich sanft auf die Schulter küsste. »Wusstest du«, nuschelte er mit seinen Lippen auf meiner Haut, »dass deine einundfünfzig Prozent da noch was Verpacktes in ihre Hose haben?«

Ich lächelte ihn an. »Wusstest du, dass die Einzahl von Zucchini Zucchino ist?«

#dreimonatespäter

Arm in Arm standen wir unter einem riesigen Regenschirm, der von Frederic gehalten wurde, und schauten hoch zum Leuchtschild. Es erstrahlte in einem freundlichen und hoffnungsvollen Lindgrün auf dem geschrieben stand:

Bei uns lieben Sie richtig

Ich war zufrieden. Zufrieden und glücklich. Meine Agentur lief von Tag zu Tag besser und ich hatte den tollsten Partner, den man sich vorstellen konnte.

So absurd es für den einen oder anderen auch klingen mag, ich hatte mein Date im Wald getroffen. Im Wald zwischen Pilzen und Uhus. Für manch einen mag es sinnvoll sein, einen Partner über meine Agentur Dating-Line zu finden, aber manch einer vergisst, dass das Glück ganz nahe sein kann und einen findet, ohne dass man sich registrieren muss. Gewisse Dinge kann man nicht planen. Gewisse Dinge kommen, wie sie kommen möchten und auch die Happy Ends kommen, wie sie kommen möchten. Man kann es nicht planen, man kann es nicht üben. Aber wenn es passiert, und man den richtigen Partner an seiner Seite hat, weiß man, was zu tun ist. Wie denken Sie darüber?

Happy End

Einen herzlichen Dank an die belgischen und holländischen Surfer, die uns aus einer misslichen Lage befreit haben!

Herstellung und Verlag:
BoD – Books on Demand, Norderstedt
ISBN: 978-3-7494-8303-7